KB168276

장수하늘소

이외수 소설집

장수하늘소

해냄

차례

장수하늘소

1. 아우에 대하여

해거름녘이었다.

해거름녘에 그 괴상한 영감탱이는 석양을 등진 모습으로 느닷없이 불쑥 우리 앞에 나타났었다. 형편없이 너덜거리는 누더기 차림이었다. 우리는 어떻게 해서 갑자기 이 영감탱이가 우리집 마당에까지 들어서게 되었는가를 전혀 생각해 낼 수가 없었다. 아무도 들어서는 것을 본 사람이 없었던 것이다. 우리집은 울타리도 없는 언덕배기

판잣집이었다. 그런데도 이 영감탱이가 들어서는 것을 아무도 보지 못했다니, 정말 이상한 노릇이 아닐 수 없었다.

나는 마당 한복판에서 옆집 아이 하나와 다투고 있었다. 분명히 내 머리통에 있는 기계충 자국이 더 큰데도 자꾸만 새끼는 제 머리통에 있는 기계충 자국이 더 크다고 우기고 있었다. 거울까지 갖다가 보여주었는데도 여전히 우기고 있었다. 나는 새끼에게 한 방 먹여 주고 싶은 심정이었다. 그러나 동생 때문에 참았다. 동생이 장독대에 오두마니 앉아 있었던 것이다. 동생은 내가 남에게 맞아도 울고 내가 남을 때려도 우는 이상한 애였다.

그 당시 우리는 동원시 상림동 언덕배기에 살았었다. 순전히 판잣집뿐인 동네였다. 그러나 비록 물 사정이 몹시 불편하기는 했었지만 그래도 햇빛만은 동원시에서 가장 오래 머물러 있어주는 지역이었다. 아침이면 제일 먼저 햇빛이 젖어들었다가 저녁이면 제일 늦게 햇빛이 마르는 동네였다.

동생은 어릴 때부터 몹시 섬약한 편이었는데 무슨 까닭에선지 햇빛만 찾아다니는 습성에 젖어 있었다. 마치 햇빛가루로만 숨을 쉬는 아이 같았다. 땅바닥이 하얗게 타들어가는 여름 대낮에도 마찬가지였다. 끝끝내 햇빛 속에 오두마니 앉아 있었다. 집에서 놀 때 동생의 자리는 언제나 장독대였다. 거기는 하루 종일 충분한 햇빛이 고여 있었다. 골목에서 놀 때는 햇빛을 따라 조금씩 자리를 옮겨가며 놀았다. 마치 향일성 식물 같은 애였다.

그렇다. 해거름녘이었다.

해거름녘에 그 괴상한 영감탱이는 석양을 등진 모습으로 느닷없이 불쑥 우리 앞에 나타났었다. 동생은 여전히 장독대에 오두마니 앉아 있었다. 멀리 장암산 너머로 깜북 해 하나가 잠겨들고 있는 중이었다. 내려다보이는 도시 여기저기에 푸득푸득 해의 비늘들이 떨어지고 있었다. 하늘에는 감빛 노을이 질펀하게 깔려 있었고 그리로 무슨 새 한 마리가 천천히 떠내려가고 있는 것이 보였다.

그 괴상한 영감탱이는 갑자기 땅에서 솟아오른 것 같은 느낌이었다. 우리는 모두 약간씩 당황한 표정들이었다. 자세히 보니 영감탱이는 동냥자루 같은 것을 들고 있었다. 그러나 동냥을 달라는 말은 하지 않았다. 그저 묵묵히 마당 가운데 서 있었다. 도무지 동냥 따위엔 관심이 없는 것 같았다. 영감탱이는 오래도록 동생만 바라보고 서 있었고, 동생은 여전히 먼 산만 바라보고 앉아 있었다.

나는 순간적으로 어떤 낭패감을 느꼈었다. 갑자기 생겨

난 이 영감탱이 앞에서도 도대체 어떻게 처신을 해야 좋을는지 알 수가 없었던 것이다.

"가!"

라고 나는 자신 없는 어투로 말해보았다. 그러나 영감탱이는 들은 척도 하지 않았다. 여전히 동생만 바라보고 서 있었다. 이때 어머니가 보리쌀 한 양재기를 퍼다가 영감탱이의 자루에다 부어주었다. 어머니의 얼굴에는 주홍빛 저녁 햇빛이 세숫물처럼 묻어 번들거리고 있었다.

"나무관세음보살."

영감탱이는 자루를 겨드랑이에 끼고 합장을 하며 낮게 중얼거렸다.

"스님이시군요."

어머니가 말했다.

그러나 내가 보기에는 스님이 아닌 것 같았다. 목탁도 없고 염주도 없었다. 천만번 기운 듯한 회색 누더기도 승복 같지는 않아 보였다. 그러나 다른 걸인들에게서는 느낄 수 없는 위엄 같은 것이 그 영감탱이에게서 느껴져왔던 것만은 분명했다.

"몸에 서린 기운이 범상치가 않은 아이로다. 장차 막힌 하늘에 길을 내어 숨소리 한 번으로도 하늘 저쪽을 오가겠다. 허나 스무 살 안쪽이 문제로다."

돌아서며 영감탱이는 중얼거리듯 말했었다. 아마도 동생에 관한 얘기인 것 같았다. 어머니는 무슨 낌새라도 느꼈음인지 황급히 그 영감탱이의 누더기 자락을 움켜잡았다. 그러자 그 영감탱이는 눈을 부라리며 호령하듯 어머니에게 말했다.

"집구석에서 송장 만들지 말고 산으로 보내도록 해!"

마치 성 잘 내는 시아버지 같은 모습이었다. 어머니는 무슨 큰 죄나 저지른 여자처럼 대번에 몸이 오그라들어 버리는 것 같았다.

"스님……."

그러나 그 영감탱이는 뿌리치듯 돌아섰다. 그리고 성큼성큼 언덕을 내려가기 시작했다. 어머니는 쫓아가서 무엇인가를 더 물어보고 싶어하는 눈치였다. 그러나 그 영감탱이는 곧 골목 안으로 사라져버리고 말았다.

"이년의 팔자라니, 어찌 이리도 기구한고."

어머니는 다시 버릇처럼 말하고는 치맛자락으로 눈물을 찍어내기 시작했다.

동생은 전혀 표정이 없었다. 그저 무심히 먼 하늘 어딘가를 쳐다보며 약간 추운 듯이 앉아 있었다. 이제 완전히 해는 지고 사방이 차츰 그늘 속에 가라앉고 있었다. 갑자기 마당 가득히 형언하기 어려운 정적이 찾아와서 마치 우리들 모두가 어디론지 떠내려가고 있는 듯한 느낌 속에 잠기게 했다. 가을이었다. 가느다란 바람 한 겹이 마당을 가로질러 집 뒤 언덕 위로 가고 있었다. 울지 마, 울지 마, 언덕 위의 수풀들이 낮은 목소리로 소근거리며 새들을 품 속으로 감추고 있었다. 곧 어둠이 고이겠지만 우리는 모두 움직이는 방법을 잊어버린 듯 정물처럼 마당가에 서 있었다.

동생이 다섯 살 때의 일이었다.

우리가 동원시 상림동 언덕배기로 이사를 하게 된 것은 순전히 동생 때문이었다. 동생은 그 출생부터가 몹시 별난 애였다. 어머니의 말을 빌면 그 자초지종은 이러했다.

동생이 어머니의 뱃속에 있을 당시 우리는 강원도 어느 탄광촌에서 살았다. 어머니는 나를 낳고 나서 광부였던 아버지의 잦은 사고로 인한 충격 때문에 두 번씩이나 사산(死産)을 경험했던 아주 불행한 여인이었으므로, 동생의 정상적인 출산에 대해서는 전혀 기대를 하지 않았던 모양이었다.

어머니는 엑스트라가 촬영기만 보면 버릇처럼 쓰러지고 싶은 충동을 느끼듯이 어떤 충격적인 사건을 만나기만 하면 쓰러지기를 좋아했었던 여인이었다는 것이다. 그리고 동생이 뱃속에 있을 때에도 두 번씩이나 쓰러졌었다는 것이다. 한 번은 바로 옆집에서 불이 났을 때였고, 또 한 번은 광부였던 아버지의 세 번째 사고를 접했을 때였던 모양이었다. 아버지는 그 세 번째의 사고로 그만 돌아가시고 말았는데 모든 사람들이 동생의 사산을 의심치 않았음은 지극히 당연한 일이 아닐 수가 없었다. 그러나 동생은 대단히 목숨이 질긴 편이었던 모양으로 그 모든 사람들의 예상을 뒤엎고 지극히 정상적인 상태로 어머니의 뱃속을 벗어났다. 정말로 놀랍고 기특한 일이 아닐 수 없었다.

"머슴아데이!"

출산을 거들러 왔던 옆집 경상도 노파의 들뜬 목소리, 그러나 그 다음이 문제였다. 동생은 바로 어머니의 뱃속을 벗어나자마자 당연히 우렁차게 울어야 했는데도 전혀 울지를 않았던 것이다. 우렁차게까지는 울지 않더라도 하여튼 울기는 울어야 했는데도.

"죽었어요?"

어머니는 누운 채로 출산을 거들러 왔던 그 경상도 노

파에게 물어보았던 모양이었다.

"오데, 죽다이, 그란데 얼라가 쪼매 이상키는 이상쿠마."

노파의 대답에 어머니는 병신이라도 태어났는가 싶어 가슴이 철렁 내려앉았었고 그래서 한 번 더 기절해 버릴 것 같았었다는 얘기였다. 누워 있는 어머니로서도 당황하는 노파의 모습을 역력히 느낄 수가 있었던 것이다. 노파는 몇 번 더 동생의 볼기짝을 때렸고 동생은 여전히 울지 않았다. 정말 기이한 일이었다. 그러나 그보다도 기이한 일은 그 다음에 일어났다.

"웃네?"

얼라가 웃네, 라고 노파가 약간 겁먹은 목소리로 말했다. 이때는 어머니도 용기를 내어 자리에서 억지로 일어났었는데 포대기에 싸여 있던 동생은 눈을 감은 채로 몇 번 빙긋빙긋 입가에 웃음을 흘리고 있더라는 얘기였다. 참으로 어처구니없는 일이었다. 그러나 막상 당하는 사람들의 입장들로서는 그것이 어처구니없는 일이라기보다는 어떤 두려움을 느끼게 만드는 일이었노라고 어머니는 당시를 회상했었다.

하여튼 그것은 기이한 일이 아닐 수가 없었고 다음날로 소문은 삽시간에 마을 전역에 퍼져 나갔다. 그런데 공교롭게도 동생이 태어난 지 사흘 만에 마을 사람 두 명이 연달아 죽어버린 사건이 발생했다. 한 사람은 술집에서 언쟁 끝에 칼부림을 하다 살해되었고, 또 한 사람은 생활고를 비관하여 목매달아 죽었다. 살해당한 사람은 젊은 떠돌이 광부였고, 목매달아 죽은 사람은 구멍가게를 경영하던 삼십대의 절름발이 과부였다. 죽은 사람들은 죽은 사람들대로 저마다 그만한 이유들이 있었겠지만, 그러나 그게 그리 간단한 일로만은 받아들여지지 않았던 것이 당시의 형편이었던 모양이다.

원래 언제나 목숨이 풍전등화같이 위태로운 사람들이 사는 곳은 미신 많고 금기 많기로 유명한 법이었다.

사람들은 동생이 그 마을에 재앙을 가져다 준 것으로 믿고 있었다. 동생은 태어나면서부터 귀신이 씌었다는 거였다. 그 터무니없는 추측은 두려움에 가득 찬 속삭임으로 온 마을 안에 전염병처럼 퍼져 나갔다.

말이란 눈뭉치 같은 것이어서 굴리면 굴릴수록 점점 더 커지는 법이었다. 사람들은 앞으로 반드시 큰 사고가 터질 거라고들 말하기 시작했다. 때마침 며칠 동안은 자주 까마귀 울음소리도 들리곤 했다. 그런데 일이 잘못되어 가느라고 한 달도 못 되어 다시 사고 하나가 터져버렸다.

다섯 명의 사망자와 네 명의 부상자를 낸 낙반 사고였다. 그야말로 오비이락이 아닐 수가 없었다. 당연히 마을 사람들의 웅성거림과 심상치 않은 눈길이 우리에게로 쏠리기 시작했다. 그리고 급기야는 반장이 우리집을 심각한 표정으로 찾아오게 되었다. 하는 수 없이 어머니는 우리를 데리고 이사를 떠나는 수밖에는 별도리가 없게 되었던 것이다. 그후로 줄곧 어머니는 동생에 대한 강박관념에 사로잡혀 있었다. 어떻게 된 노릇일까. 어떻게 된 노릇이기에 이 애가 태어나자마자 울지를 않고 빙긋빙긋 웃기 시작했을까. 그리고 잇따라 일어난 마을의 그 불행한 사고들은 정말로 이 애가 재앙을 가져왔기 때문일까. 만약 그렇다면 장차 이 애를 어떻게 해야 좋을 것인가. 어머니는 날마다 가슴이 조마조마해서 견딜 수가 없었던 모양이었다. 강물에 내다 버리고 싶은 충동에 한두 번 몸을 소스라쳐야 했던 것이 아니라는 얘기였다.

그러나 동생의 주변에서는 아무 일도 일어나지 않았던 모양이었다. 오히려 동원시로 이사를 하고부터는 어머니가 마음먹었던 일들이 아무것이나 순조롭게 잘 이루어지곤 했으며 따라서 쪼들리던 집안 형편도 점차 풀리기 시작했었다는 거였다. 당연히 어머니는 차츰 동생에 대해

안심을 하게 되었고 그것이 부질없는 기우라고까지 믿게 되었던 모양이었다. 그랬는데 그 괴상한 영감탱이가 나타나서 그 따위 말을 하고 사라져버렸으니 어머니의 속이 편할 리가 없었다.

어머니는 갑자기 신경질이 두드러지게 심해져 갔고 동생을 몹시 미워하기 시작했다. 별로 잘못한 것이 없는데도 곧잘 동생에게 매질을 했다. 어머니는 동생이 태어나자마자 울지 않은 애였기 때문에 커가면서 실컷 울어야만 이 재앙이 없어지리라고 생각하는 것 같았다.

"울어라! 더 울어! 크게 울라니까. 이놈의 새끼!"

매질을 할 때마다 어머니는 그렇게 동생을 다그치곤 했었다. 아버지가 광부였을 당시부터 어머니는 혹시 불의의 사고라도 당하지 않을까 하고 날마다 불안감 때문에 신경이 매우 예민해져 있었고, 동생의 기이한 출생에 뒤따라 늘 가슴이 살얼음을 딛는 듯이 위태로웠었는데 이제 갑자기 그 괴상한 영감탱이의 출현을 계기로 그동안에 누적되었던 불안이 한꺼번에 그런 형태의 동생에 대한 매질로 폭발해 버리곤 하는 것 같았다.

그러나 아무리 매질이 모질다 해도 동생은 결코 크게 소리내어 울지는 않았다. 언제나 약간 쉰 듯한 목소리로 그저 서럽게 서럽게 소리 죽여 울기만 했다. 결국은 어머니가 먼저 지쳐서 매질을 멈추기 일쑤였었다. 내가 보기에도 어머니는 동생을 너무 미워하는 것 같은 인상이었다. 그것은 어릴 때의 내 가슴에도 상당히 선명한 아픔으로 못박혀 왔었는데 나는 동생이 매를 맞을 때마다 혼자 집 수풀 속에 웅크리고 앉아 매 맞는 동생을 생각하며 왠지 가슴이 찡해 와서 눈물을 찔끔찔끔 짜내기도 했었다.

동생은 커가면서 이상하게도 얼굴이 점차로 희고 해맑아져서 어찌보면 날마다 증류수만 마시고 사는 아이 같았다. 어딘지 모르게 우리들과는 아주 다른 세상에서 데리고 온 듯한 느낌이었다. 더럽고 촌스러운 데라곤 전혀 찾아볼 수가 없는 모습이었다.

대체로 말이 없었으며 언제나 행동이 단정하고 차분해 보였다. 그러나 어머니는 그러한 동생을 결코 기특해하지는 않았다. 오히려 그러한 동생이 장래의 어떤 불길한 결말을 준비하고 있음을 시사하고 있는 것이라는 듯한 태도였었다.

중학생이 될 때까지 동생은 단 한 번도 어머니에게 따뜻한 말 한마디를 받아보지 못했었다. 누가 보아도 어머니는 완연한 편애의 방법으로써 자식들을 키우고 있는 것 같은 인상이었다. 그러나 어머니는 이제 동생을 매질하는 짓 따위는 결코 하지 않았다. 다만 정을 주지 않으려고만 노력하는 것 같았다.

"형기를 이제 산으로 보내야 하는 게 아닌지 모르겠다."

어머니는 가끔 그렇게 말하곤 했었는데, 그러나 그 말 속에서는 형언할 수 없는 어떤 괴로운 모성의 끈 같은 것이 아직도 끊어지지 않은 채 동생과 어머니 사이에 연결되어져 있는 것 같은 느낌이었다.

"미신이에요, 어머니. 그따위 거렁뱅이 영감탱이의 말을 어떻게 믿어요."

나는 수시로 어머니를 위로했었다. 그러나 그때마다 어릴 때 내가 보았던 그 거렁뱅이 영감탱이만은 결코 예사 인물이 아닐 거라는 생각이 더욱 확실하게 내 가슴을 파고들었다. 이상하게도 영감탱이의 모습은 아직도 양질의 기계에서 뽑아낸 무슨 인쇄물처럼 선명하게 내 머릿속에 박혀 있었던 것이다.

동생이 중학교 2학년 때 나는 간신히 서울에 있는 후기 대학에 합격했고, 그래서 당분간 나는 동원시를 떠나 살지 않으면 안 되는 처지가 되었다.

방학 때나 되어서야 나는 겨우 며칠 동안을 집에서 머

무를 수가 있었다. 어머니는 본업인 한복 짓기 외에도 부업으로 점심때면 신동원이라는 도시로 가서 도시락 장사를 했었지만 그것만으로는 나의 대학생활이 풍족할 수가 없었으므로 나는 나대로 후기대학생인 주제에 낯부끄럽게도 돌대가리 국민학생 몇 명을 모아 놓고 가정교사라는 것을 하고 있었던 것이다.

사실 나는 고등학교 때 줄곧 우등상을 타왔었던 모범생으로서 그런대로 남들에게 사람 대우를 받아왔었던 처지였다. 그러나 이름도 없는 소도시의 고등학교에서 우등상을 탔다고 해서 그것이 그리 대수로울 수는 없는 노릇이었다. 나는 전기대학에서 보기 좋게 미역국을 먹지 않을 수 없었다. 따라서 후기대학에 가까스로 들어갔으되 장래 문제를 생각하면 암담하기 그지없었다. 동생이라도 좀 비상한 천재성을 가져주었으면 좋겠다 싶었는데, 동생은 동생대로 또 공부 따위엔 전혀 관심조차 없는 듯한 태도였다. 국민학교 때부터 중학교 때까지 줄곧 학업 성적은 중간 정도를 벗어나지 못했었다.

동생은 특별히 친한 친구도 없었고 이렇다할 만한 특기 같은 것도 없는 애였다. 특별히 친한 친구를 굳이 말하라면 책이라는 것으로 말할 수가 있겠는데 그러나 동생이 친구 삼는 책은 결코 학과 공부에는 도움이 될 수가 없는 책들이었다. 이를테면 믿거나 말거나 식의 이야기들, 비과학적이고 설화적인 것들만을 동생은 기를 쓰고 찾아 헤매는 것 같았다. 어디서 구한 것들인지는 몰라도 버뮤다 삼각해협에 관한 이야기들이나 이집트의 피라미드에 관한 이야기들, 지구의 7대 불가사의니 하는 따위들, 그리고 저 인도의 무슨 요가 같은 것 따위들에 동생은 광적으로 심취해 있었다. 동생의 책꽂이며 서랍이며 가방 속은 온통 그런 것들에 관한 잡동사니들로 초만원을 이루고 있었다. 그리고 또 굳이 이렇다할 만한 특기 같은 것을 말하라면 그저 가만히 앉아 있는 것, 그것이 동생의 특기였다. 동생은 누가 건드려주지만 않으면 해 뜨기 전부터 해 질 때까지라도 한자리에 똑같은 자세로 전혀 미동도 없이 그대로 앉아 있을 수가 있는 애였다. 그렇다고 멍청하다거나 넋 나간 듯한 표정도 아니었다. 여전히 해맑은 모습 그대로였다. 곁에서 바라보고 있으면 이상하게도 아름다움 같은 것까지 느껴져 올 정도로 동생은 단정해 보였다. 무슨 생각을 하고 있는 것 같기도 하고, 또 아무 생각도 하고 있지 않는 것 같기도 했었다.

왜 그렇게 가만히 앉아 있니 하고 누가 물으면 동생은

그저 잔잔히 의미 없는 웃음을 웃어줄 뿐이었다. 묘한 애였다.

나는 대학 2학년이 되자 육군에 입대하기로 마음먹었다. 동생은 중학교 3학년이 되어 있었다.

나는 흔히 내 또래의 젊은이들이 그 나이가 되면 홍역처럼 앓아보는 삶의 회의 같은 것에 사로잡혀 있었다. 아무것에서도 즐거움을 느낄 수가 없었다. 그리고 아무것에서도 존재 가치를 찾아볼 수가 없었다. 차라리 살아간다는 것이 짜증스러워서 견딜 수가 없을 지경이었다. 나는 모든 것을 포기하고 어디론가 여행이라도 훌쩍 떠나버리고 싶었다. 그러나 나는 그렇게 할 수가 없었다. 나는 너무도 많은 것들에 묶여 있었다. 어머니에 대한 보은에도 묶여 있었고, 학점에도 묶여 있었고, 가정교사 하는 돌대가리 국민학생들에게도 묶여 있었다. 그리고 좀더 생각을 넓혀 보면 그 외에도 너무 많은 것들에게 나는 묶여 있었다. 여행을 떠나본들 무슨 낙이 있으랴. 결국은 제자리로 돌아오게 되는 것을. 나는 한마디로 말해서 이 세상이 지겹도록 싫었다. 매일 그저 그런 생활의 연속뿐이었다. 어디 무인도에라도 가서 살아보았으면 좋겠다는 생각이 들었었다. 공부는 해서 무엇을 하나, 밥은 먹어서 무엇을 하나, 살아 있어서는 또 무엇을 하나 하는 따위의 잡생각들이 불쑥불쑥 가슴을 사로잡기 일쑤였다. 그럴 즈음 나는 영장을 받았던 것이다.

소집일자를 기다리며 집에 있는 동안 나는 우선 만사가 짜증스러워서 견딜 수가 없었다. 재봉틀을 돌리다가 점심 때가 임박해 오면 도시락 광주리를 이고 집을 나서는 어머니도 짜증스러웠고 언제나 해맑은 얼굴로 미동도 없이 한자리에 단정하게 앉아 있는 동생도 짜증스러웠으며 그런 일에 공연히 짜증스러움을 느끼는 나 자신을 생각해 보아도 짜증스럽기가 한량없었다.

토요일이었다. 토요일과 일요일은 어머니도 도시락 장사를 나가지 않는 것이 상례였다. 심심할 텐데 영화 구경이라도 하고 오라고 어머니는 내게 말했지만 이 삭막한 동원시에 있는 두 개의 극장에서 상영하는 영화들은 한결같이 필름이 낡아서 화면이 지저분하기 짝이 없는데다가 수시로 촌충처럼 마디마디를 끊어먹는다는 것을 나는 미리부터 잘 알고 있는 터였다. 차라리 그 따위 활동사진을 보느니 방구석에 가만히 틀어박혀 있는 것이 덜 짜증스러울 것임이 분명했다. 친구들을 만난다는 것도 그저 그랬다. 만나봐야 고등학교 때 얘기, 친구들의 근황 아니면 여자 얘기 그리고 하품뿐이었다.

동생은 학교에서 일찍 돌아와 책가방 속에서 무슨 책인가를 꺼내어 잠시 읽다가 다시 밖으로 나가 버릇처럼 장독대에 앉아 장암산을 바라보고 있었다.

더웠다. 시작되는 초여름 한낮의 열기가 옆방에서 들려오는 어머니의 재봉틀 소리와 함께 조금씩 보글거리며 끓어오르고 있었다. 저러다 곧 끓어 넘치게 된다……라는 느낌이 들었다. 나는 방문을 열어놓은 채 팔베개를 하고 누워 있다가,

짜증!

짜증 때문에 다시 상반신을 일으켜 세웠다. 그때 장독대에 앉아 있는 동생이 보였다. 언제나 그랬지만 동생은 매우 단정해 보였다. 어떻게 하면 저런 느낌으로 앉아 있을 수가 있는 것일까. 비스듬히 앉아 있든, 책상다리를 하고 앉아 있든, 무엇에 걸터앉아 있든, 기대어 있든, 언제나 동생의 자세는 단정해 보였다.

"얘는 사람 같지도 않은 애라니까. 아무리 더워도 땀 한 방울 흘리는 것을 본 적이 없어. 맨날 얼굴이 반듯하고 눈썹 한번 찌푸리는 법도 없지. 어쨌거나 예삿일은 아니다."

24

언젠가 어머니가 내게 해준 말이었다.

나는 문득 장독대에 앉아 있는 동생에게서 사물(事物) 같다는 느낌을 받았다. 동생은 마치 인간의 모습 그대로를 깎아 놓은 하나의 사물이었다. 피가 흐르되 그 세포도 나의 것과는 다른 것 같았다. 동생을 구성하고 있는 모든 물질과 그 물질의 성분이 나의 것과는 다른 것 같았다. 동생이 앉아 있는 곳의 시간과 내가 앉아 있는 시간도 다른 것 같았다. 동생이 호흡하는 공기와 내가 호흡하는 공기의 성질도 다른 것 같았다.

저 자식은……

나는 동생이 오래전부터 이 세상과는 전혀 다른 곳에다 금을 그어놓고 그 속에서 혼자 생활해 왔던 것 같은 느낌을 받았다. 동생은 이 세상에 있는 것 같지만 이 세상에 없는 것이며 형상을 가지고 있는 것 같지만 형상을 가지고 있지 않은 것 같다는 생각까지 들었다.

저 자식은……

태어나면서부터 지금까지 줄곧 그래왔었다는 생각도 들었다. 가만히 내버려두기만 하면 일체의 고통이나 근심 따위를 느끼지 않는 듯한 표정이었다. 그런데 왜 저렇게 햇빛 속에만 앉아 있는 것일까. 언젠가 나는 동생에게 그 이유를 물어본 적이 있었다.

"햇빛 좋잖아. 형은 햇빛이 안 좋아?"

동생은 내게 반문했었다.

"하지만 여름엔 덥잖아. 넌 덥지도 않니?"

"괜찮아. 햇빛 속에 앉아 있으면 그냥 기분이 좋아."

아무리 쨍쨍한 햇빛 속에서라도 마찬가지라는 거였다. 동생이야말로 이 지구상의 가장 불가사의한 애라는 생각이 들었다.

동생은 계속해서 장독대에 앉아 있었다.

나는 이토록 더운 날씨에도 전혀 흐트러짐이 없이 저렇게 햇빛 속에 앉아 있을 수 있는 동생에 대해 약간의 심술을 느끼지 않을 수 없었다. 모든 것이 짜증스럽고 무가치하게만 생각되어지던 나로서는 동생의 그러한 태도가 참으로 기묘해 보였다. 나는 동생을 세차게 한 대 쥐어박아 버릴 심산이었다. 그래서 그러한 동생의 자세를 아주 잠시만이라도 흐트러놓고 싶었다. 나는 아주 천연덕스럽게 발소리를 죽여 동생의 등 뒤로 가만히 접근해 갔다. 그리고 주먹을 다부지게 움켜쥐고는 까실까실하고 아담한 동생의 머리통을 향해 그 주먹을 높이 쳐들었다. 그런데 놀랍기도 하지. 그 순간 지금까지 정물처럼 앉아 있던 동생이 갑자기 고개를 돌려 나를 쳐다보는 것이 아닌가. 그리고 내 눈동자와 마주친 동생의 눈동자. 그 눈동자 속에 들어 있던 형언하기 어려운 언어를 나는 도대체 어떻게 표현해야 좋을까. 도저히 도저히 나는 동생의 머리통을 쥐어박을 엄두가 나지 않았다. 동생은 건드리면 완전히 박살나 버리고 말 것만 같은, 그래서 박살나 버린 다음에는 절대 원형대로 맞추어 놓을 수가 없을 것 같은 아주 난감한 감정을 내게 불러일으키고 있었던 것이다. 때리지 마, 라고 동생의 눈동자는 말하고 있었다.

그것은 일찍이 내가 이 세상에서 단 한 번도 본 적이 없는 가장 설득력 있는 언어였다. 아니다. 동생의 눈동자 속에는 아무것도 없었다. 그것은 이 세상에서 가장 순결한 백지였다. 때리는 순간 더러운 오물 한 사발이 그 백지 위에 철버덕 떨어질 것만 같았다. 아니다. 하여튼 뭐라고 해야 할까. 나는 순간적으로 완전한 투명이라는 것을 의식했었다. 빌어먹을, 왜 그런 느낌을 받게 되었을까. 조금 전에 있었던 일이 거짓말처럼 생각되어졌다. 나는 한 번 더 동생의 머리통을 쥐어박는 일을 시도해 볼까 하다가 그만두기로 했다. 동생은 전혀 나를 의식하지 않고 있는 듯한 모습으로 어느새 장암산 쪽만 바라보며 앉아 있었다.

동생이 어릴 때부터 버릇처럼 장독대에 앉아 장암산을 바라보며 살아왔었다는 것은 아무래도 예사로 흘러 넘길 일이 아닌 것 같았다. 동생은 자신이 남다른 출생의 형태를 가졌었던 것도 모르고 있었으며 다섯 살 때의 그 괴상한 영감탱이에 관해서도 전혀 모르고 있는 실정이었다. 나와 어머니는 왠지 두려움이 앞서서 아직 그와 비슷한 이야기조차도 동생에게 해준 적이 없었다. 그런데도 동생은 틈만 있으면 장암산을 바라보곤 했었다.

"물귀신이 있다는 말은 들었어도 산귀신이 있다는 말은 못 들었는데 아무래도 네 동생은 산귀신이 씌인 모양이다. 그렇지 않고서야 저렇게 산만 쳐다보면서 세월 가는 줄 모르고 앉아 있을 턱이 없지. 그 영감탱이 말이 맞기는 맞아. 애초부터 산으로 보내야 할 팔자를 타고난 애야."

동생이 없는 자리에서 어머니는 가끔씩 그러한 말들을 한숨 섞어 토해내곤 했었다.

장암산은 동원시 서남쪽에 위치해 있는 해발 약 천칠백 미터 가까이의 험산이었다. 원래는 덕천군(德泉郡) 녹답면(綠畓面) 소재였다. 그러나 거리가 사십여 리나 떨어져 있는 동원시에서도 충분히 육안으로 그 위용을 감지할 수가 있을 정도였다. 비록 험산이라고는 하지만 멀리서 보기에 외형적으로 변화가 그리 심하지 않은 산이었다. 오히려 다른 산에 비하면 능선의 변화나 경사면의 굴곡이 단조롭기 그지없는 산이었다. 모든 것이 완만해 보였다. 그러나 그 규모만은 광대하고 웅장해 보였다. 그래서 누구든 첫눈에 위압감을 느끼지 않을 수가 없었다. 그것은 아직 이 지구상에 단 한번도 발표되어져 본 적이 없는 듯한 느낌까지 들 정도였다. 아니, 인간의 발길은커녕 공룡의 알이나 어떤 하등식물의 포자 한 개조차도 부화되거나 발아되어 본 적이 없는 듯한 느낌까지 들 정도였다. 그것은 태초의 산 그대로인 것 같았다. 언제나 무거운 정적만이 거기 누적되어 있는 것 같았다.

동원시에서 그 산을 바라보면 그 산은 그대로 하나의 거대한 벽이었다. 그 벽만 무너뜨리고 나면 곧 이 세상 끄트머리가 보일 것만 같았다. 그러나 아직은 그 벽 뒤에 무엇이 있는지 아무도 모르고 있음이 분명한 것 같았다. 누구는 바다가 있다고도 했고 또 누구는 큰 도시가 있다고도 했다. 그러나 모두가 자신 있는 말들은 아니었다. 그저 짐작으로만 그렇게들 말해 보았을 뿐인 것 같았다.

그 산은 허리에도 닿지 않는 몇 개의 작은 산들 뒤에 제왕처럼 높이 버티고 서서 언제나 어둡게 흐려 있었다. 계절에 따라 산색이 조금씩 달라져 보이기는 했으나, 어두운 것은 역시 변함없었다. 날씨가 쾌청하여 햇빛이 몹시 투명한 날에도 마찬가지였다. 암울하고도 암울했으며 암울하고도 암울했다.

가끔은 그 산에만 비가 내리는 광경을 바라볼 수가 있었다. 다른 곳은 햇빛이 가득한데 그 산머리 위에만 어둡고 두터운 난층운(亂層雲)이 쌓여서는 허옇게 비를 쏟아붓곤 했었다. 그리고 그 광경은 언제나 거기 누적되어 있는 먼 태고의 무거운 정적들을 씻어내리며, 새로운 생명들의 태동을 서두르고 있는 듯한 모습이었다. 그 비가 그치면 곧 공룡의 알도 부화하고 하등식물들의 포자도 발아할 것 같은 느낌이었다. 그러나 그 비가 그치고 나면 또 그 산은 그저 예전의 모습 그대로였다.

그러나 동원시에 살고 있는 대개의 사람들은 거의 모두가 그 산에 대해 전혀 관심들이 없는 듯한 표정이었다. 그 산의 이름이 장암산이라는 것조차도 모르고 있다는 듯한 인상이었다. 어쩌면 숫제 거기에 산이라는 것이 있는지 없는지조차도 전혀 의식치 못하고 있는 상태 같았다. 그래서 어느 날 문득 그 산을 의식하고 어쭈, 없었던 산이 어떻게 저기 돌연히 생겨났지, 하고 어리둥절한 표정을 짓게 되는지도 모를 노릇이었다.

　노인네들의 말을 빌면 동원시에 살고 있는 사람들이 그 산에 대해 전혀 관심을 기울이지 않는 것도 일리가 있는 일이었다. 장암산은 한마디로 폐산(閉山)이라는 거였다. 지금은 그 아무에게도 이익을 줄 수 없는 상태에 놓여 있었으며 오히려 모든 사람들로 하여금 우울증까지 느끼게 할 정도라는 거였다.

　무릇 모든 큰 산들에게는 그 정기(精氣)라는 것이 있어 그 주변에 있는 촌락들을 복되고 평화롭게 함은 물론 수시로 큰 인물을 탄생케 하여 나라에 보탬이 되도록 하는 법인데 지금의 저 장암산은 개뿔도 내세울 만한 것이 없다는 거였다. 정말이었다. 흔해빠진 명승 고적이나 유명 사찰 한 개도 못 갖춘 것 같았다. 그런 게 있다는 말을 들어본 적도 없었고 그런 걸 찾아가는 사람들을 본 적도 없었다. 절경을 이룰 만한 폭포 따위나 기암 절벽 하나조차도 없는 모양이었다. 게다가 무슨 희귀 생물이나 특수 광물이 발견되어졌다는 소리도 들은 바가 없었다. 현실적으로는 도대체 자랑스러울 건덕지가 없으니 외면을 받을 것은 당연했다.

　노인네들은 그 산을 당분간 죽어 있는 상태의 산이라고

말했었다. 그 산 어딘가에는 장수바위라는 거대한 바위가 있었는데 옛날에는 한 달에 한 번씩 크르릉크르릉 울었었다는 거였다. 그 울음소리는 마치 천둥 소리 같아서 약 백리 정도나 떨어진 곳까지도 간간이 들렸던 모양이었다. 그 바위는 바로 장암산의 뇌와 같은 역할을 담당하고 있던 아주 신령스런 바위로서 그 산의 모든 정기는 그 바위로부터 나왔었고 그 산의 모든 지맥 또한 바로 그 바위가 다스려 왔었다는 거였다.

옛날부터 그 바위에는 전설이 하나 있었는데, 전설에 의하면 그 바위의 정기를 받아 언젠가는 장암산 부근에서 큰 장수 하나가 태어나게 되어 있었다. 그래서 언제부터인가 한 달에 한 번 장암산으로부터 그 바위의 울음소리가 들려오기 시작하자 사람들은 이구동성으로 곧 장수가 태어날 징조라고들 말했었던 모양이었다. 그러나 그 전설이 현실화되는 것을 두려워한 일본놈들이 기어이 그 바위를 찾아내고야 말았었다는 거였다. 그리고 그 바위의 정수리에다 굵고 긴 쇠침 하나를 아주 깊이 박아넣어 버리고 말았었다는 거였다. 그 쇠침이 박힐 당시 그 바위에서 인간의 피와 똑같은 피가 한 바가지 정도나 흘러 나왔었고 아직도 그 바위에는 그 피의 흔적이 남아 있다고 노인네들은 말했었다.

하여튼 장암산은 뇌에 큰 부상을 입게 되었고, 그로부터 지맥과 정기가 극도로 약해져서 그 산 주변의 모든 것이 급격히 피폐해지기 시작한 모양이었다. 동원시는 그 명목만 시(市)이지 사실은 군청 소재지만도 못한 몰골이었다. 동원시에서 약 십 리 정도 떨어진 동북쪽에 신동원이라는 도시가 개발되어지면서부터 시청도 그리로 옮겨져 버렸고 사람들도 거의 다 그리로 몰려가 버린 모양이었다. 그래서 동원시는 그야말로 빈민 도시 그대로였다. 마지못해 머물러 있는 사람들뿐이었다.

흔히 사람들은 동원시를 5막 2장의 도시라고들 말해 왔었다.

와서 보니 삭'막'하고
살아보니 숨 '막'히고
떠나자니 '막막'한데
더 있자니 기가 '막'히는
환'장'할 놈의 송'장'도시

라는 거였다. 맞는 말이었다. 아스팔트는 몇 십 년 동안

보수공사 한 번도 하지 않은 모양으로 콜타르가 완전히 허옇게 탈색되어져 있었고, 곳곳이 갈라져 있거나 패어 있었다. 건물들도 마찬가지였다. 대개가 도괴 직전에 놓여 있는 것 같았다. 우중충하기 짝이 없었다. 나무들조차도 숫제 생기를 잃고 있는 듯한 느낌이었다. 낭만이나 열정 따위는 전혀 찾아볼 수가 없었다. 사람들의 표정 또한 을씨년스럽기 짝이 없었다. 흡사 경제 공황이라도 휩쓸고 지나간 듯한 분위기였다. 모든 것이 황량하기만 했다. 그것은 신동원이라는 신흥 도시의 영향도 영향이지만 이 도시 동쪽 한허리를 가로지른 인공댐호에 결정적인 원인이 있는 것 같기도 했다. 댐이 생기고부터 이 도시와 연결되어져 있던 몇 개의 군락들과 도로들이 수몰되어져 버리고 갑자기 이 도시가 고립 상태에 놓여지게 되었던 것이다. 그래서 이제 이 도시는 더 이상 발전되어질 수 없는 형편에 놓여 있는 입장 같았다. 조용히 몰락만을 기다리고 있는 입장 같았다.

그러나 노인네들은 동원시의 몰락을 믿지 않았다. 언젠가는 다시금 벌떡벌떡 숨을 쉬게 될 날이 있을 거라는 얘기였다. 동원시의 지맥은 장암산에 연결되어져 있고, 신동원이나 인공댐호와는 아무런 관계도 없다는 지론이었다. 다행히 장암산 장수바위 정수리에다 일본놈들이 쇠침을 박을 당시 백회혈(百會穴) 한복판을 정통으로 찌르지는 못했었다는 거였다. 그래서 그 바위의 기능이 완전히 마비되어 버리지는 않았었다는 거였다. 노인네들은 지금 장암산이 회복기에 접어들었다고 말했다.

하지만 나는 노인네들의 그 허황된 말들을 믿을 수가 없었다. 지구에서 몇 천만 킬로미터나 떨어져 있는 항성들까지도 인간이 만들어 보낸 징그러운 기계들에 의해 신비롭기만 하던 그 베일이 차례로 벗겨지고 있는 중이었다. 그리하여 부끄러워라, 그 나체 사진들까지도 속속 지구로 보내져서 이제 지구인들은 얼라리 꼴라리, 네 구멍이 어디가 제일 큰지도 다 안다는 식이었다. 이 판국에 노인네들의 얘기 따위를 어떻게 믿을 수가 있을 것인가.

그러나 동생이 그 장암산을 줄곧 바라보며 커왔다는 사실과 동생이 다섯 살 때 나타났었던 그 괴상한 영감탱이의 말은 아무래도 좀 심상치 않은 듯한 느낌을 불러일으키고 있었다.

나는 이렇다할 심경의 변화도 갖지 못한 채 마치 자신을 내팽개쳐버리는 듯한 기분으로 소집일자에 따라 육군에 입대했다. 훈련을 끝내고 내가 배치받은 부대는 그런대로 예상보다는 한결 지내기가 좋은 곳이었다. 비록 후기대학이기는 하지마는 어쨌든 대학물을 먹었다는 이유 때문인지 나는 행정 주특기로써 중대 본부에 근무할 수 있었다. 그리고 연일 계속되는 규칙적인 생활과 새로운 인간관계 속에서 인생의 회의니 나발이니 하는 고급스러운 단어 따위는 까마득히 잊어버리고 말았다. 틈나는 대로 동생과 어머니에게 편지를 보냈다. 어머니는 언제나 답장을 보내왔었다. 그러나 동생은 단 한 번도 응답이 없었다.

내가 첫 휴가를 받아 다시 집으로 돌아갔을 때 동생은 고등학생이 되어 있었다. 왜 엽서 한 장도 보내지 않았었느냐고 진심으로 섭섭한 표정을 지어 보이자 동생은 버릇처럼 아무 의미 없는 웃음만 내게 웃어 보였다. 변한 것은 없었다. 다만 키가 조금 커지고 나이가 들었다는 것뿐, 동생은 여전히 맑고 깨끗한 그대로였다. 다만 변한 것이 있다면 동생의 책꽂이 하나뿐이었다. 옛날에는 동생의 책꽂이 가득 버뮤다 삼각해협에 관해서나 이집트의 피라미드에 관해서나 또는 지구의 7대 불가사의에 관한 책들이 꽂혀 있었는데 지금은 또 무슨 바람이 불었는지 주역(周易)이니 장자(莊子)니 선가귀감(禪家龜鑑)이니 하는 책들이

드문드문 끼어들기 시작했다는 점이었다.

나는 휴가 기간 동안 대충 그 책들을 훑어보았는데 나로서는 고리타분하고 잠 오는 소리들로만 가득 채워져 있는 듯한 느낌뿐이었다. 하나도 이해할 수가 없었다.

"너는 여기 씌어 있는 구라들을 조금이라도 이해할 수가 있다는 거냐?"

나는 동생에게 물어보았다. 동생은 역시 긍정도 부정도 아닌 듯한 웃음을 가만히 얼굴에 떠올렸을 뿐이었다.

저 자식은……

군대 생활을 좀 시켜보면 어떨까. 아무리 제가 저렇게 바람 한 점 없는 날에 맑게 고여 있는 물 같아도 군대에서는 잘 안 될걸 하는 생각을 가져 보았었다. 나는 첫 휴가를 오로지 여자 하나 주워 보겠다는 일념으로 다 보내었었다. 동원시의 삭막한 거리에서, 다방에서, 술집에서, 나는 옷을 벗어줄 여자는 아니라 하더라도 편지 한 통 정도는 보내줄 여자가 없을까 하고 밤낮없이 물색을 해보았었다. 그러나 옘병이었다. 귀대하는 날까지 그런 여자는커녕 술집 색시들한테 바가지만 옴팍 썼을 뿐이었다.

내가 상병계급장을 달고 두 번째의 휴가를 왔을 때도 동원시는 변함 없었다. 여전히 5막 2장의 도시 그대로였다. 친구 녀석들도 거의가 동원시를 뜨고 없었다. 풍경은 옛날과 변함없었지만 사람들은 옛날보다 눈에 띄게 낯설어져 있었다. 나는 가까스로 어느 남루한 술집에서 못생긴 작부 하나를 데리고 밤새도록 땀을 뻘뻘 흘리면서 그동안 녹슬어 있던 나의 소총을 수입할 수가 있었다. 아침에는 그야말로 양호! 라고 크게 복창이라도 하고 싶은 심정이었다.

"모친 사망, 급래 요."

동생의 충격적인 전보를 받고 다시금 내가 동원시에 도착했을 때는 겨울이었다. 저녁 어스름 속에서 티눈 같은 눈발들이 바람에 휘날리고 있었다. 사방에서 몰락하는 거리의 남루한 옷자락들이 펄럭거리는 소리도 들리고 있었다. 이따금 사람들이 북구의 나그네들처럼 몸을 웅크린 채 쓸쓸히 거리를 걷고 있는 모습도 보였다.

상림동 언덕배기를 오르면서도 나는 어머니가 돌아가셨다는 사실을 전혀 실감할 수가 없었다. 집에 들어서면 형국이냐, 방문을 박차며 어머니가 황급히 나를 맞이해줄 것 같은 착각 속에 나는 약간 가슴까지 설렜었다.

그러나 집 앞까지 당도했을 때 나는 비로소 예전과는 판이하게 다른 우리집의 분위기를 의식할 수 있었다. 갑자기 열린 방문 안으로 왈칵 밀려드는 겨울바람처럼 썰렁하게 내 가슴으로 덮쳐드는 공허, 방마다 자물쇠가 채워져 있었고 사방은 바람소리뿐 적막하기 짝이 없었다. 나는 형언할 수 없는 괴리감에 몸을 떨며 큰소리로 몇 번 동생의 이름을 불러 보았다.

"형기야!"

"형기야!"

"형기야!"

그러나 전혀 대답이 없었다. 집안은 마치 몇 백 년이나 묵은 폐가같이 을씨년스러워 보였다. 그래서 나도 몇 백 년 후의 시간 속에 혼자 내동댕이쳐져 있는 듯한 느낌이었다. 까마득히 먼 과거 속에서 동생과 어머니가 살고 있고 몇 백 년이라는 시간의 공백을 안고 나는 홀로 이 집에서 기다려야만 할 것 같았다.

"이제야 왔구나!"

잠시 후 등 뒤에서 굵직한 남자의 음성이 들려왔다. 옆집 아저씨였다. 그는 그 옛날 나와 함께 이 마당에서 누구의 기계충 자국이 더 큰가 하는 문제로 다툰 적이 있는 내 친구의 아버지였다. 그 친구 역시 지금은 복무중에 있는 처지였다.

"오죽 마음이 아프겠는가."

그는 숙연한 목소리로 내 어깨에 손을 얹었다. 그 손에서 나는 인생을 나보다 한결 많이 살아온 사람으로서의 무게를 감지할 수가 있었다.

"모든 일을 형기가 다 처리하고 떠났지. 자, 우선 우리 집에 가서 자세한 이야기를 하기로 하지."

그는 부드럽게 내 등을 두드리고 있었다. 갑자기 꿈이다, 라는 생각이 반발처럼 솟구쳐오르고 있었다. 그러나 모든 것은 꿈이 아니었다. 너무도 엄연한 현실이었다. 나는 아무 생각도 할 수 없었다. 아무 말도 할 수 없었다. 울음조차도 나오지 않았다

"모든 것은 운명 아니겠는가."

친구의 아버지는 나를 그의 집에다 데려다 놓고 조심스러운 목소리로 자초지종을 설명하기 시작했다.

어머니는 버스를 타고 신동원으로 도시락을 팔러 가는 도중 충돌 사고로 그만 돌아가시고 말았다는 거였다. 순간적으로 내 망막 위에는 흩어진 도시락들과 피투성이로 쓰러져 있는 어머니의 모습이 떠올랐다. 그것은 너무도 선명한 광경이어서 마치 내가 현장을 목격했었던 것 같은 착각까지 들었을 정도였다.

"나는 형기가 그날로 자네한테 연락을 한 줄 알았네. 부대에 무슨 중대한 일이라도 있어서 못 오는 줄 알았지. 파견근무나 야영훈련을 나서면 연락이 늦게 닿을 수도 있지 않겠나."

"오늘 전보를 받았습니다."

"그 철없는 자슥! 그래도 형이 맏상주인데 장례에 참석토록 하지 않고!"

"그런데 형기는……."

"당분간 어딜 좀 다녀올 데가 있다고 하면서 이걸 맡기고 갔어. 자네가 오면 주라고 하더군."

두툼한 봉투였다. 뜯어보니 보상금에 관한 서류와 짤막한 편지가 들어 있었다.

어머니는 돌아가신 것이 아닙니다. 영생의 나라로 가신 것입니다. 뒤늦게 알려 드린 죄 용서해 주십시오. 저대로의 생각이 있었기 때문입니다. 저는 산으로 들어갑니다. 내내 안녕하시기를 빕니다.

나는 아직도 혼란을 수습하지 못하고 있었다. 꿈이다. 다시 한번 강렬한 반발이 솟구쳐오르고 있었다.

"화장을 했네. 장례비 일체는 버스회사에서 부담했어. 세 명이나 죽었지. 물론 병신이 된 사람도 있고, 그나저나 남아 있는 두 형제가 걱정이구만."

먼 꿈속에서처럼 친구의 아버지는 말하고 있었다. 나는 비로소 조금씩 눈물이 솟구쳐오르기 시작했다. 차츰 꿈과 현실의 구분도 선명해져 왔다. 그러면서 나는 걷잡을 수 없는 슬픔에 사로잡히게 되었고 급기야는 봇둑이 무너지 듯이 한꺼번에 목구멍을 치밀어오르는 울음을 도저히 가눌 수가 없을 지경에까지 이르게 되었다.

2. 곤충채집

제대를 하고 나서 나는 즉시 복학을 했다. 그러나 대학 생활에 대해서는 전혀 흥미를 느낄 수가 없었다. 남들은 꼴값을 떤다고 비웃을지도 모르지만 나는 다시금 인생에 대한 회의 속에 빠져들고 있었다. 내가 세상에 살아남아 서 해야 할 일이 무엇인가. 있다면 그것을 한다는 것도 또 무슨 의미가 있을 것인가, 이렇게 재미 하나도 없는 상태 는 언제까지나 계속되어질 것인가. 결국은 처음부터 끝까지 마찬가지가 아니겠는가. 부질없다, 부질없다, 하는 따위의 망상들로 밤잠을 제대로 이룰 수가 없을 지경이었다. 게다가 당장에 나는 먹고살아갈 일조차도 막막했다. 대학을 졸업해 봐야 취직자리 하나조차도 제대로 얻어낼 수가 없을 것 같은 전망이었다. 나는 기회가 주어지는 대로 대학을 때려치워 버릴 심산이었다. 차라리 자전거나 하나 사서 개장사라도 하는 것이 현재보다는 한결 낭만적일 것 같은 기분이었다. 취직하고, 월급 타고, 결혼하고, 아파트 사고, 애 낳고, 학교 보내고, 결국 늘그막에는 틀니 해 넣을 걱정이나 하다가 인생이 무상하니 어쩌니 그래봤자 다시 젊어져서 인생을 새로 시작할 수도 없는 노릇이고, 어느 날 갑자기 아파트 계단에서 고혈압으로 쓰러지든가 심장마비로 내려구르는 것으로 끝장나 버리는 식의 인생. 그것보다는 아무래도 개장사가 조금은 개성이 뚜렷하지 않은가. 인간적인 냄새까지 풍기는 것이다. 권력이나 금력이나 명예 따위에 초연할 수 있다는 것은 얼마나 다행스러운 일인가. 그리고 어쩌다가 미친개에게라도 물려서 죽는다면 더욱 낭만적이다.

그러나 나는 곧 개장사도 부질없다는 생각 속에 빠져들었다. 개장사는 어디까지나 개장사인 것이다. 그러면서도 또 소장사와 다를 바가 없는 것이다. 언제나 그런 식이었다. 무엇이든 생각을 조금만 발전시켜 나가도 곧 부질없다에 봉착하기 일쑤였다. 모두가 그게 그거였다. 산다는일이 도무지 권태로워서 견딜 수가 없었다.

그때 나에게 은밀히 뻗쳐온 손길이 바로 정 선배의 손길이었다. 같은 생물과의 선배였다. 그는 내게 좀 이색적인 아르바이트를 해보지 않겠느냐고 제의해 왔다. 우리는그룹 활동을 같이 하면서 서로가 촌놈이라는 점과 별 개성이 없다는 점과 가난하다는 점과 키가 작다는 점 따위의 열등의식들로 미리 공통분모가 되어 있었다. 우리는한쪽의 분모에다 어떤 수를 곱해주지 않고도 그대로 덧셈뺄셈을 할 수가 있는 관계에 놓여 있었다. 나는 군대에서도 그와 여러 번 편지를 주고받은 적이 있었다.

나는 그 이색 아르바이트라는 게 도대체 어떤 것이냐고그에게 바싹 다가앉으며 군침을 삼켰다. 그리고 며칠 후그의 주선으로 뜻하지 않게 야마다라는 오십대의 일본 사람 하나를 소개받을 수 있게 되었다.

야마다는 그야말로 내게 기상천외의 아르바이트를 제공해 주었고 그길로 나는 대학을 때려치워 버릴 수가 있게 되었다.

내가 야마다에게서 제공받은 아르바이트란 곤충을 채집하는 일이었다. 정 선배의 귀띔에 의하면 야마다는 한국의 곤충들을 표본상자에 잘 표본해서 일본 중류층 이상의 가정에다 실내장식용으로 팔아먹는다는 얘기였다. 도대체 한국에서 몇 년 동안이나 그런 짓을 해먹으면서 살았었는지는 모르지만 한국말이 전혀 무리하지 않게 그의 입에서 구사되어지는 것에 나는 우선 놀라움을 나타내지 않을 수 없었다.

"잘만 하면 형국씨도 한 밑천 잡을 수 있지요. 뭐니뭐니 해도 우선 돈 있어야 해요. 돈 없으면 요새는 무조건 피봐요. 안 그래요."

약간 밸이 꼴리지 않는 것은 아니었지만 그래도 나는 그의 제의를 별로 망설이지 않고 받아들일 수가 있었다. 곤충채집으로 돈을 버는 일은 물론 개장사보다는 한결 만족스러운 일이라고 생각했었기 때문에.

"비밀 절대 보장해야 해요. 알겠지요?"

야마다는 몇 번이고 내게 다짐하기를 잊지 않았다. 알았어 짜샤. 나는 속으로 그에게 그렇게 대답해 주고는 그 이색적인 일거리를 만났다는 흥분으로 제법 가슴이 설레기까지 했었다. 비록 떳떳치는 못할지라도 나는 졸지에

수출의 역군 대열에 끼게 된 셈이었다.

그로부터 며칠 후 나는 포충망이며 독통이며 독병, 그리고 삼각통이나 핀셋 따위들을 챙겨가지고 다시 동원시로 돌아왔다. 그리고 겨울이 오기까지 거의 석 달 동안을 동원시 근교에 있는 야산이나 늪지대나 그밖에 곤충들이 많이 서식할 만한 장소에서 부지런히 포충망을 휘둘렀다. 나는 전혀 상상조차 해본 적이 없었던 직업 하나를 우연히 획득하게 된 셈이었다.

생각보다는 그리 성적이 좋은 편은 아니었다. 곤충도 곤충 나름이었던 것이다. 야마다는 특히 보호종이나 천연기념물인 장수하늘소 따위의 희귀 곤충들을 원했었고, 그것은 그만큼 잡기가 힘이 들었다. 물론 제비나비나 호랑나비 따위의 아름다운 곤충들은 그런대로 제값을 받을 수가 있었지만 나머지들은 모두가 십 원짜리나 불합격품으로 취급되어졌던 것이다.

햇빛이 순금가루처럼 아름답게 뿌려져 있었다.

나는 작년에 상당히 많은 호랑나비를 포획한 적이 있는 어느 낮은 산지의 소로(小路)에 잠복해 있었다.

곤충 밀매업을 시작한 지 어언 두 해가 지나 있었다.

내가 잠복해 있는 곳은 양쪽에 산이 완만한 경사로 비탈져 있고 그 비탈의 푸르러가는 초목들 사이로 드문드문 꽃들이 피어 있었다. 꽃들은 눈부신 햇빛 속에 얼굴을 씻고 약간 들뜬 모습으로 조금씩 흔들리고 있었다. 소로 주변 찔레덤불 너머에서 끊임없이 산골 물소리가 들려왔다.

이곳이 이른바 접도(蝶道)라는 곳이었다. 문자 그대로 나비길이라는 뜻이었다. 나비 무리 중의 어떤 것은 일정한 길을 정해 놓고 날아다니는 수가 많았다. 사람이 만들어 놓은 길을 따라 나비도 허공에다 자기들의 일정한 길을 만들어놓고 날아다니는 습관이 있는 것이다. 나는 노련한 낚시꾼이 그 장소의 생김새만 보고도 대번에 물고기의 유무를 알아내듯이 이제는 그 지형의 분위기만 가지고도 거기가 접도인지 아닌지를 훤히 알 수 있게 되어 있었다. 그래서 나는 작년에 이 장소에서 몇 개월 동안 진을 치고 삼백여 마리 정도의 호랑나비를 잡을 수가 있었다. 무슨 까닭에선지는 모르지만 특히 이 장소에는 유별나게 호랑나비가 많았던 것이다.

표본 중에서는 뭐니뭐니해도 나비 표본이 가장 아름답다고 말할 수 있다. 특히 호랑나비나 제비나비는 나비 중에서도 단연 압권이다. 작고 예쁜 장식용 표본상자에 여러 종류의 나비들을 배치해 놓고 구색을 맞추어 한 마리를 곁들여 놓는 경우도 있고 다른 종류의 곤충들 사이에 호랑나비나 제비나비 한 마리를 곁들여 놓는 경우도 있다. 그러니까 나비 표본에서는 호랑나비나 제비나비가 빠지게 될 경우 값도 현저하게 떨어져 버리는 형편이다.

따라서 호랑나비나 제비나비는 바로 날아다니는 작고 아름다운 지폐나 다름없었다.

지금까지 내가 잡은 나비들만 해도 수천 마리는 족히 되고도 남을 거였다. 처음 곤충채집을 시작하면서 곤충들의 아름다운 신비에 도취되어 포충망을 휘둘렀다. 그때는 그리 많은 돈을 벌 수가 없었다. 왜냐하면, 장식용 표본상자는 반드시 야마다에게 사야 했었고 곤충들을 판 돈에서 그 상자 값을 제하고 나면 남는 것이 얼마 안 되는 형편이었다. 그 일본인은 경제적 동물답게 우리를 이용해서 이중으로 장사를 하고 있었던 것이다.

나는 사실 좀더 많은 돈이 필요했었다. 왜냐하면, 내게도 애인이라는 것이 생겼기 때문이었다. 그래서 좀더 많은 돈을 벌 수 있는 방법을 연구했다. 그것은 그리 힘드는 연구는 아니었다. 곤충의 생태를 연구하고 그 생태를 이용해서 다량으로 곤충을 잡으면 된다는 결론에 나는 쉽게 도달할 수 있었다. 이를테면 나방이 같은 경우는 야행성이므로 그 서식지 부근에 등불 같은 것을 설치해서 날아오는 대로 단 한 마리도 살려 두지 않고 모조리 잡아버리는 방법 따위가 그것이었다. 그리고 그렇게 다량으로 잡는 방법은 그것 말고도 당밀채집 부육채집 등 곤충들의 생태에 따라 다양했다. 학습을 목적으로 해서 곤충채집을 하는 사람과 돈을 목적으로 해서 곤충채집을 하는 사람의 차이란 바로 여기에 있는 것이 아닐까. 학습을 하는 사람은 같은 종류를 한꺼번에 많이 필요로 하지 않지마는 돈을 필요로 하는 사람들은 같은 종류라 하더라도 얼마든지 좋다는 입장이었다. 나는 단순히 포충망으로만 곤충을 잡던 방법에서 곧 탈피했다. 당밀을 좋아하는 곤충에게는 당밀을 이용해서, 썩은 고기를 좋아하는 곤충에게는 썩은 고기를 이용해서 나는 남획을 서슴지 않고 자행하기에 이르렀다. 곤충이란 내게 있어서는 이제 단순히 돈으로밖에는 보이지 않게 되었다.

호랑나비는 대개 평지나 낮은 산지에 많은 편이었다. 특히 우리나라 중부지방에서는 일 년에 세 차례나 발생하는 것으로 되어 있었다. 지금은 봄형의 호랑나비가 한창 발생할 시기였다. 특히 이 지역에 산초나무가 많은 것으로 보아 호랑나비가 있을 것은 틀림없는 사실이었다. 그런데도 나는 상당히 오래도록 잠복하고 있었지만 단 한 마리의 호랑나비도 발견할 수가 없었다. 아마도 시간이 마땅치 않은 모양 같았다. 나비들은 대개 시간이나 날씨를 잘 타는 편이었다. 약간의 바람도 문제가 있는 것 같았다.

나는 개울가 바위를 차지하고 앉아 가지고 온 도시락을 까먹었다. 그리고 두 시간 정도를 더 배회해 보았다. 수확이 없었다. 작년에는 손이 바쁠 지경이었는데 무슨 까닭일까. 아마도 내가 씨를 말려 버린 것이나 아닐까 싶어 돌아오는 길에는 약간 우울한 기분이었다. 하지만 그렇게 간단히 씨가 마를 리 없다고 나는 혼자 자위하고 있었다.

정 선배를 만났다. 야마다에게 표본된 물건들을 넘기기 위해서였다. 언제나 우리들은 정 선배의 집에서 거래를 했었다.

정 선배는 일본병(病)에 걸려 있는 사람이었다. 일본! 하면 그는 무조건 흥분하기 시작해서 오 분 이내로 입 안에 침이 모두 말라 버릴 지경이었다. 우리가 삼십육 년 동안 그들의 압제 밑에서 시달려왔고 지금도 그들의 경제적 농간 밖을 벗어나지 못했다고 해서 흥분하는 것이 아니었다. 일본인 특유의 그 표현하기 곤란한 얍삽함 때문도 물론 아니었다. 어이없게도 그의 흥분은 일본의 우수성을 인정하는 것에서 비롯되어지는 흥분이었다. 일본은 한마디로 끝내주는 나라라는 거였다. 그 정신 면에서나 생활 면에서나 단연 우리보다는 앞서 있다는 지론이었다.

"우리는 아직 멀었어."

그는 탄식처럼 말하곤 했었다. 만약 그가 왜정시대에 태어나기만 했었더라면 그는 틀림없이 왜정시대 최후의 날 우리나라 사람들의 손에 의해 몰매를 맞아 죽을 수가 있었을 텐데, 시대가 그를 살려주고 있었다.

그는 야마다를 통해서 몇 가지 일제 물건들을 구입할 수가 있었던 모양으로 나를 만나면 그때마다 새로 구입한 물건들에 대해 여간 자랑하고 싶어하는 게 아니었다. 그도 이제는 어쩔 수 없이 하나의 속물로 변해 있었다. 대학 시절 우리가 열등의식으로 주눅이 들어 전전긍긍할 때만 해도 이렇게까지 한심하지는 않았었다.

그는 이제 일본에 가서 사는 것이 유일한 꿈이 되어 있을 정도로 변해 있었다. 비록 과거에는 일본이 우리에게 문화를 배워 갔다고 하지마는 지금은 어림없는 소리라는 주장이었다. 도대체 우리가 일본을 능가할 수 있는 것이 뭐가 있느냐는 거였다.

잘 생각이 나지 않았다. 일본을 능가할 수 있는 것이 뭔가가 있을 것만 같은데 잘 생각이 나지 않았다. 나는 정 선배에 대해서 좀 느끼하다는 느낌을 받고 있었다. 그러나 마땅한 실마리가 떠오르지 않았다. 무조건 일본이라면 치를 떠는 것은 나 자신의 소견이 좁다는 것을 노골적으로 드러내는 행위 같다는 생각이 들기도 했다.

"사실 나도 허락한다면 일본에서 몇 년 동안만이라도 살아보고 싶은 기분이에요."

나는 어이없게도 그렇게 말해버렸다. 그리고 스스로가 수치스러워 허겁지겁 이렇게 덧붙였다.

"일본 기생들이나 실컷 조져보고 싶어서."

정 선배의 일본 예찬론을 약 삼십 분 가량 들었을 때 야마다가 응접실로 들어섰다. 피둥피둥한 얼굴에 고급 양복지로 만들어진 양복, 그리고 번쩍거리는 시계, 넥타이핀, 향수 냄새.

나는 정 선배가 일본을 왜 동경해 마지않는가를 조금은 알고 있었다. 그는 물질의 풍부함 속에 빠져보고 싶었던 것이다. 이 피둥피둥한 오십대의 사내를 보라. 면도한 돼지 궁둥이에 콜드크림을 바른 것처럼 얼굴이 풍요로워 보이지 않는가. 정 선배의 얼굴은 거기 비하면 너무 초라하게 찌들어 있다. 야마다가 자리에 앉자 기다리고나 있었다는 듯, 즉시 정 선배의 부인이 차를 끓여 내왔다. 어딘지 모르게 육감적인 분위기를 풍기고 있는 여자였다. 야마다에게 필요 이상 상냥한 태도를 보이고 있었다. 앞가슴이 깊이 파인 드레스를 입고 있었는데 허리를 숙여 찻잔을 내 앞으로 내려놓을 때 나는 그녀의 희고 풍만한 젖무덤이 아슬아슬하게 들여다보였기 때문에 시선이 저절로 야마다에게로 돌려졌었다. 야마다는 탐욕스런 눈초리로 정 선배의 부인을 힐끔거리고 있었다.

정 선배는 필요 이상 유쾌한 표정으로 크게 웃거나 크게 떠들어대고 있었다. 야마다는 그때마다 여유 있는 태도로 가끔 미소를 띠거나 고개를 끄덕여주곤 했는데 아무래도 그 태도는 곁에 앉아 있는 정 선배의 부인을 몹시 의식하고 있는 듯한 태도 같아 보였다.

"그만 입 좀 다물어요, 남자가 좀 묵직하게 앉아 있을 일이지."

정 선배의 부인이 정 선배에게 던지는 핀잔이었다. 그 말 속에는 또 다분히 야마다에 대한 아부 같은 것이 숨어 있는 듯한 느낌이었다.

"그런가, 내가 너무 가볍게 굴었는가."

정 선배는 약간 무안해하는 표정으로 허허허 한번 웃음을 던졌다. 그 웃음 속에는 어딘지 모르게 비애감 같은 것이 서려 있는 듯한 느낌이었다.

이윽고 야마다는 내가 가지고 온 물건들을 보자고 했다. 사무적인 이야기로 돌아오고 나면 언제나 무섭도록 냉엄한 태도로 돌변해 버리는 듯한 인상을 나는 늘 그에게서 받아오곤 했었고 이번에도 역시 그것은 변함없이 반복되어졌다. 나는 약간 주눅이 들어버린 동작으로 가지고 온 표본상자들을 그의 앞에다 운반해 놓았다. 그는 세밀하게 그것들을 살펴보고 있었다. 유리를 벗겨내고 한 마리 한 마리마다 일일이 이상 유무를 점검하고 있었다. 날개가 떨어져 나갔거나 다리가 부러진 것을 접착제로 교묘하게 붙이지는 않았는가. 해충의 흔적이나 곰팡이의 흔적은 보이지 않는가 하는 점들까지 신경을 쓰고 있었다.

"이거 너무 질 떨어지는 것들뿐이에요, 일본에도 이런 것들 많이많이 있어요. 좀더 노력을 기울이세요. 고산지방 탓이라는 거예요. 잡기 힘들어야 값비싸요. 일본 사람들 높은 산 올라가 잡기 힘드니까 한국 사람한테 이런 것 사가는 거 아니에요."

물건을 보고 난 야마다가 아주 못마땅한 표정으로 그렇

게 말했다. 마치 회사 간부가 말단 사원들을 앞에 놓고 경멸을 섞어가며 문책을 하는 듯한 어투였다. 다분히 깔보고 있는 듯한 느낌도 들었다. 한 달에 한 번씩 당하는 기분 나쁜 국면이었다.

"장수하늘소 잡아오세요. 돈 얼마든지 주겠다고 했잖아요. 백만 원 줄 수 있어요."

좋다. 백만 원, 나는 입 속으로 되뇌었다. 이래서는 안되는데 하면서도 내 머릿속에는 백만 원이라는 돈이 암전되었던 방에 전등이 켜지듯 번쩍 켜지고 있었다. 사실 수출 의류품의 실밥뜯기나 뜨개질하기보다는 한결 비싼 보수를 받고 있는 셈이라고 우리는 믿고 있었다. 그리고 우리가 채집하는 곤충이 단지 일본에서만 처분되어지는 것이 아닐 거라는 짐작도 우리는 이미 하고 있었다. 들키지 않는 한 우리는 이 일을 계속할 수가 있을 것이다.

"하지만 여행을 다니려면 여행비도 듭니다. 모든 물가가 올랐어요. 값을 좀더 올려주셨으면 좋겠는데요."

내가 말했다.

보안관계상 이 일을 많은 사람에게 맡길 수는 없을 거였다. 짐작컨대 다섯 명 정도가 우리와 같은 일을 하고 있는 것 같았다. 그러나 모든 것은 일체 비밀이었다. 우리는 야마다의 주소나 전화번호조차도 모르고 있었다. 언제나 그쪽에서 먼저 연락을 하기로 되어 있었다.

"물건 질 떨어지는데 어떻게 값 올립니까?"

벌컥 일본 경제가 화를 내고 있었다. 한 푼도 손해를 볼 수가 없다는 듯한 태도였다.

"여기 있는 멋쟁이박각시 같은 건 상당히 귀한 것 아닙니까. 잘 아실 텐데요."

그렇다. 곤충에 대해서는 야마다가 우리보다는 훨씬 잘 알고 있었다. 돈을 벌기 위해서는 아주 치밀한 두뇌가 필요한 것이다. 그는 한국에 오기 전 이미 한국에 분포되어 있는 곤충에 대해 소상히 공부한 모양이었다.

"귀하다고 무조건 비싼 거 아니에요. 보기도 좋아야 해요."

"보기가 어때서요."

"너무 투박해요."

"투박하지 않은 박각시가 어디 있나요."

"뱀눈박각시가 있어요. 그리고 이 멋쟁이박각시는 엉겅퀴꽃에서 자주 볼 수가 있어요. 엉겅퀴꽃 흔하잖아요."

기가 찰 노릇이었다. 마치 곤충대백과사전을 펴놓고 있는 듯한 형편이었다. 사실 나는 멋쟁이박각시에 대해서는 얼마간 돈을 더 받을 생각이었다. 박각시류는 대개 등불 채집으로 다량 포획을 할 수가 있었지만 이 멋쟁이박각시만은 등불로 채집이 잘 안 되는 곤충이었다. 해질 무렵에나 활동하지 해가 지고 나면 활동을 중지하기 때문이었다. 그러나 야마다는 언제나 모든 곤충들에 대해 나보다 해박한 지식을 가지고 있었다. 그리고 곤충에 대한 나의 지식이 그에 비해 언제나 뒤떨어진다는 사실이 값을 올리려는 내 의욕을 항시 풀죽게 했다.

야마다가 돌아가고 나서 정 선배는 다시 일본 예찬을 시작했다. 어떠냐는 거였다. 벌써 돈 버는 사람으로서의 태도부터가 다르지 않느냐는 거였다.

"저 정도는 돼야지. 우리는 아직 멀었다니까."

역시 정 선배는 아직 멀다는 것으로서 일본 예찬의 끝을 맺었다. 나는 정 선배의 집을 나서면서도 우리가 일본을 능가하는 것이 과연 무엇이냐를 곰곰이 한 번 생각해 보았다. 공연히 억울했다. 아직도 식민지하에 놓여 있는 듯한 착각까지 들었다. 머릿속이 몹시 상쾌하지 못한 느낌이었다.

"자네도 이제 장가를 가야겠군. 완전히 노총각 티가 나네. 초라해 보여."

정 선배가 악수를 하다 말고 내게 해준 말이었다.

자, 그럼 도쿄에서 다시 만나세, 라고 끝 인사를 할 것 같은 기분이 들어 나는 황급히 손을 놓고 돌아섰다.

비가 내리고 있었다. 사흘째의 비였다. 나는 방바닥에 드러누워 빗소리를 듣고 있었다. 울적했다. 정말로 장가를 가야겠다는 생각이 들었다. 장가를 가고 나면 지금까지 내가 살아온 것처럼 인생이라는 것이 종이로 만든 빵을 씹어 먹는 것처럼 맛대가리 없지 않을 것이다. 어느 정도는 감동적인 일들과 만날 것이다. 혼자 사는 동안 나는 줄곧 무감동 속에서 살아왔다. 식당에서의 무감동한 식사, 옷가게에서의 무감동한 기성복, 외로운 침대에서의 무감동한 잠, 의식주가 모두 한결같이 삭막했다. 무릇 식사란 어느 정도는 기복이 있어야만 할 것이다. 더러는 탄 밥도 먹어보고 더러는 설익은 콩나물국도 먹어보고 그래서 투정도 좀 해보아야만 식사하는 맛이 제대로 날 것이다. 옷도 좀 신경을 써서 변화 있게 입어보아야 기분이 달라질 것이고 잠도 좀 다른 살 곁에서 자야만 잠다웁게 잘 수가 있을 것이다. 이를테면 사랑하는 여자가 곁에 있어야만 할 것이다. 나는 절대로 독신주의자가 아니다. 다만 내가 혼자 살고 있는 이유는 내가 사랑하는 여자를 내 집으로 데리고 올 수 있는 조건이 갖추어져 있지 않기 때문이다.

딸을 가진 최근의 부모들은 대개 한 남자의 가슴에다 자기들의 딸을 시집보내고자 하는 것이 아니라 그 남자의 조건에다 시집을 보내고자 하는 악습들을 가지고 있다고 나는 생각해 왔었다. 하지만 나는 아무런 조건도 갖추지 못했음을 스스로 잘 알고 있는 입장이었다. 나는 우희라는 여자 하나와 삼 년 동안이나 연애를 해왔었다. 그녀 쪽에서 나를 어떻게 생각하고 있을는지는 확실히 모르지만 내가 만약 결혼을 하게 된다면 내 마누라가 그녀였으면 하는 생각을 가끔 해본 적이 나는 있었다. 그러나 섣불리 내가 한 여자를 내 마누라로 만들고 싶다고 고백하지 못한 것은 순전히 그 빌어먹을 놈의 조건 불충분에 대한 열등의식 때문이었다. 이제 인간은 인간만으로 결혼할 수는 없게 되었다. 마침내 인간을 대신하여 그 인간의 조건들끼리 결혼하는 시대가 오고야 말았다. 인간은 그저 조건이라는 것들이 서로 결혼할 때 부속품으로 따라만 가주면 되는 것이다.

빌어먹을.

아니다, 라고 나는 생각했다. 그렇게까지 악전락하지는 않았다고 나는 생각했다. 인간은 아직도 희망이 있다고 나는 생각했다. 언젠가는 인간의 손을 다시 되찾으리라고 나는 믿었다. 전기 세탁기, 전기 밥솥, 그리고 콘크리트, 그 삭막한 의식주에서 언젠가는 해방되어 진정한 인간의 기능을 되찾으리라고 나는 믿었다. 믿기지 않았지만 억지로 믿었다. 믿고 싶어서 나는 믿었다.

다시 빌어먹을.

비가 오니까 정말 울적하구나. 나는 집 뒤 언덕의 수풀 속에 설치해 놓은 곤충 트랩을 한 번 살펴볼까 하다가 귀찮아서 그만두기로 했다. 트랩 위에다 지붕을 설치해 놓았으니까 빗물이 들어가서 트랩 속에 빠진 곤충들을 상하게 할 염려는 없을 것 같았다. 또 이런 날씨에 곤충들이 트랩 속에 빠져줄 것 같지도 않았다. 나는 표본실이나 한 번 둘러보아야겠다는 생각을 했다. 곰팡이가 생기면 곤란한 일이었다. 물론 이황화탄소나 페놀 등을 사용해서 곰팡이를 죽이고 붓으로 떨어버리면 되지만 여간 귀찮은 노릇이 아니었다.

표본실에 들어서니 표본실 특유의 냄새가 전신을 적시고 들었다. 그것은 소독약 냄새만은 아닌 것 같았다. 그것

은 죽어서 건조되어 있는 수백 마리의 곤충들에게서 풍기
는 냄새 같았다. 그것들에게도 죽음이라는 것이 있다.

　나는 모든 곤충들의 천적인 셈이다. 죽여도 이만저만
많이 죽인 게 아니다. 문득 죄스러운 기분이었다. 죽어서
내 썩은 살을 모두 곤충들에게 파먹혔으면 좋겠다는 생각
을 했다. 어릴 때 산에서 한 남자의 죽은 시체를 보았
다. 거기에 물방개들이 수없이 많이 달라붙어 느리게 기
어다니고 있는 것도 보았었다. 산 바로 밑에 커다란 저수
지 하나가 하얗게 햇빛을 반사하며 누워 있었다. 그때는
무서웠지만 지금은 차라리 신선한 느낌이었다. 나는 그러
나 이 장마비로 인해서 표본실에 있는 곤충들이 부디 부
패하지 않기를 간절히 빌었다. 장사를 망치고 싶은 생각
은 전혀 들지 않았던 것이다.

　점심을 먹기 위해 나는 외출했다. 언덕을 내려오며 우
산을 걷고 버릇처럼 장암산 쪽을 바라보았다. 장암산은
보이지 않았다. 희뿌연 비안개에 지워지고 없었다.

　내가 장암산에 대해 관심을 갖기 시작한 것은 그 산이
내 마지막 탐험지같이 생각되어져서였다. 나는 그 산에
대해서 어느 정도는 신비한 느낌을 가지고 있었다.

　늘 장암산을 바라보며 살았던 동생 때문이 아니라 단순

히 보기에 그렇게 보였던 것이다. 그러나 솔직히 말하자면 나는 탐험가적 입장으로서 그 산을 탐험해 볼 생각은 아니었다. 다만 나는 그 산에 서식하고 있는 곤충들에 대해서만 지대한 관심을 품어왔을 뿐이었다. 저만한 산이라면 정말로 아직 학계에서도 모르고 있는 희귀하고 아름다운 곤충들이 수없이 많이 살고 있으리라는 짐작이었다.

나는 야마다의 야코를 언젠가는 한번 죽여놓을 심산이었다. 그는 무슨 이유에선지 툭하면 장수하늘소를 들먹거리지만 어쩌면 저 장암산 속에는 장수하늘소보다도 몇 배나 진귀한 곤충들이 살고 있을지도 모를 일이었다. 그런 생각을 할 때마다 나는 조금씩 가슴이 설레어오곤 했었다.

점심을 먹고 내가 한 일은 우선 우희에게 전화를 건 일이었다. 벌써 일주일 동안이나 우리는 만나지 못했었다.

"우희?"

"벌레박사님께서 어인 일로."

때마침 그녀는 집에 있었다. 목소리만 들어도 청량한 느낌이었다. 나는 그렇기 때문에 이 여자가 바로 내 마누라의 자리에 앉아야만 한다고 생각했다.

"비 오는 날은 공치는 날이지."

"거기가 어디예요?"

"다방이야."

"무슨 다방이라고 말해 주세요."

"밑져야."

"아, 본전 다방이다. 기다리세요, 뉴스가 있으니까."

저쪽 전화기가 딸가닥하고 숨이 넘어가 버리는 소리, 나도 송수화기를 놓고 의자로 돌아왔다. 오늘따라 이상하게도 다방 안이 붐비고 있었다. 계속해서 사람들이 들어와서는 의자들을 하나 둘 차지하더니 우희가 내 앞에 나타났을 때에는 빈 의자가 겨우 한두 개밖에는 남지 않을 정도가 되었다.

"수염이나 좀 깎으시잖구요."

우희는 웃으면서 앞자리에 앉았다. 어깨가 약간 젖어 있었다.

"수염을 깎는다고 코 밑에서 금이 나올까."

"약간은 미남처럼 보이잖아요."

"미남들이 오바이트하겠다."

우리는 커피를 시키고는 잠시 그런 식의 잡담들을 나누었다. 갑자기 실내가 웅성거리기 시작했다. 그리고 우리가 미처 그 이유를 알기도 전에 레지가 손님들을 데리고 와서는 합석해 줄 것을 부탁했다. 무슨 까닭에선지 실내는 의자들이 움직여지는 소리로 잠시 어수선해져 있었다.

"그러세요."

합석을 허락해 놓고 나서도 우희는 약간 김이 샌다는 듯한 표정이었다. 아주 잠깐 사이에 다방 안은 거짓말처럼 손님들로 꼭 차 있었다. 그리고 그들의 시선은 한결같이 모두 한 곳으로만 향해져 있었다. 그 시선들의 끝에는 텔레비전 수상기 한 대가 놓여 있었고 마치 그 수상기가 그들을 향해 국민학교 때의 주번 교사처럼 "주목!"이라는 명령이라도 내린 것 같았다. 알고 보니 권투 중계가 있는 모양이었다.

"이긴다!"

"롱런할 거야."

"그래도 저 자식 권투가 제일 안심이 된다니까."

"내기해도 좋아."

"심판이 불리한데."

저마다 한마디씩 웅성거리고 있었다. 표정들이 진지하기 짝이 없었다. 나도 일어서고 싶지는 않은 기분이었다. 그래서 우희의 눈치만 살피고 있었다. 제발 나가자는 말이 그녀의 입에서 나오지 않기를 빌면서였다.

"보고 싶으면 보세요."

다행히 저기압인 얼굴은 아니었다.

"뉴스가 있다고 했는데 도대체 무슨 뉴스지. 뭐 권투 중계가 있다는 얘긴 아닐 테고."

"나중에 얘기해요. 지금은 분위기가 맞지 않아요."

그녀는 내 곁에 앉아 눈가에 생글생글 웃음을 굴리고 있었다. 나는 그녀의 얼굴을 볼 때마다 통 자신이 없다는 열등의식에 사로잡히곤 했었다. 제 눈에 안경이라는 말도 있기는 하지만, 적어도 그녀는 내 마누라가 되기에는 너무 얼굴이 말간 여자였다. 나보다 나이가 다섯 살 정도 아래이긴 하지마는 그래도 노처녀라면 노처녀일 수 있는 나이인데 아직도 소녀 같은 분위기였다. 생과자를 많이 먹어서 그런 것일까. 그녀는 생과자집 무남독녀의 외동딸이었던 것이다. 내가 만약 그녀에게 장가든다면, 그래서 토끼 같은 자식새끼라도 하나 낳게 된다면, 그 토끼 같은 자식새끼에게 나는 클로버 대신 생과자를 아주 싼값으로 갖다 먹임으로써 금방 이빨들이 충치화되는 것을 도와줄 수 있으리라. 생과자를 많이 먹어 충치화된 이빨이라면 애들에게 있어 그것은 얼마나 자랑스러운 일이겠는가. 어차피 애들의 이빨이란 한 번은 갈아치우게 되는 것이다.

그러나 어쩌면 나는 영원히 그런 행운을 잡지 못하게

될는지도 모르겠다. 나는 지금까지 그녀에게 내 직업에 대한 일체를 속이고 있었다. 그녀는 내가 정말로 젊은 곤충학자인 줄로만 알고 있었다. 내가 그녀를 처음 만난 것은 인공댐 부근에 있는 유원지에서였고 나는 천막으로 된 노천 음식점에서 포충망을 세워 놓고 쏘가리회를 안주삼아 소주를 마시고 있던 중이었다. 날이 어두워져 있었다.

"아저씨, 저것 좀 보세요."

그녀는 자기의 친구인 듯한 여자와 내 바로 옆자리에서 저녁식사를 하고 있었는데 그녀의 눈에 문득 나방 한 마리가 포착되어졌던 모양이었다. 그녀가 가리키는 곳을 쳐다보니 커다란 나방 한 마리가 전등 주변을 난폭하게 날아다니고 있었는데 그 그림자는 마치 커다란 박쥐가 날개를 펴고 푸득푸득 날아다니고 있는 듯한 분위기를 자아내고 있었다.

"굉장한 나비다."

그녀의 친구가 감탄해 마지않았었다.

"어마, 뭐 저런 나비가 다 있니, 징그러워."

그녀도 덩달아 탄성을 발했었다.

나는 곁에 세워두었던 포충망을 집어들었다. 그리고 허공에서 난폭하게 떠다니고 있는 나방을 단 한 번의 동작으로 가볍게 건져내었다.

"이건 나비가 아닙니다. 나방이죠. 참나무산누에나방이라는 곤충입니다. 옛날에는 이 나방의 고치에서 실을 뽑은 적도 있습니다."

날개를 편 길이가 120mm는 충분히 되고 남을 것 같았다. 대단한 놈이었다. 황갈색 날개 양쪽에 올빼미 눈 모양의 무늬가 찍혀 있었다.

"나비하고 나방하고는 어떻게 다르지요?"

그녀가 잡은 나방을 구경하러 와서 조심스럽게 내게 묻는 말이었다.

"비슷합니다. 나방도 나비목에 속하죠. 하지만 일반적으로 나비는 날개를 세우고 앉으나 나방은 날개를 낮게 접고 앉습니다. 그리고 더듬이가 나방은 빗살 모양 또는 깃털 모양입니다. 그런데 나비는 끝이 부푼 곤봉 모양이죠. 그리고 나비는 대개 낮에 활동하지만 나방은 밤에 활동하는 것이 특징이죠."

나는 그동안 내가 익힌 지식을 총동원해서 노가리를 있는 대로 풀어 놓았다.

"곤충연구가이신가 봐."

그래서 그때부터 나는 그녀들에게 곤충연구가로 못박

혀졌다. 본의 아닌 일이었다. 그러나 솔직하게 말할 수도 없는 일이었다. 나는 그녀들에게 작은 장식용 표본상자에다 그날 잡은 나방을 표본해 주겠다고 약속했었다. 그러나 그녀의 친구는 표본이 채 완성되기도 전에 브라질로 이민을 가버렸고 당연히 그 표본 상자는 우희의 것이 되었다. 그로부터 얼마 후 그녀는 스스로 내 포충망 속으로 날아 들어온 한 마리 나비가 되어 있었다.

나는 남아 있는 한 모금 정도의 식은 커피를 목구멍에 흘려넣고는 다시 수상기 쪽으로 눈길을 주었다. 왠지 목이 말랐다.

벌써 권투는 중반전으로 접어들고 있었다. 타이틀 매치였다. 화면상으로 보면 살갗이 밀가루 반죽덩어리같이 하얀 것이 챔피언을 보유하고 있는 우리나라 선수였고 살갗이 잘 구워 낸 생과자에다 기름을 바른 듯한 느낌을 주는 것이 도전자인 남미 지방의 복서였다.

"잘한다!"

"끝내라. 거기서 끝내!"

"저 새끼 오늘 임자 만났다."

"버팅 조심해라."

"계속 조져."

모두 한마디씩 난리들이었다.

적지에서 잘 싸우고 있는 우리 대한 남아.

아나운서도 흥분이 고조되고 있었다. 박수가 터지기 시작했다. 다방 안도 완전히 흥분의 도가니였다. 밀가루 반죽덩어리가 잘 구워 낸 생과자덩어리를 코너에다 몰아넣고 쉴새없이 짓이기고 있었다. 처음부터 계속 주도권을 장악하고 있는 것 같았다. 몇 번의 그로기 상태로까지 몰고 갔었다.

"아구, 하필이면 여기서 공이 살려 주다니."

"이제 팔 회전에서는 죽일 거요."

그러나 생과자 덩어리는 좀처럼 부서지지 않고 잘 버티어 나가고 있었다. 이따금 휘두르는 스트레이트가 썩 날카롭고 정확해 보여서 아직은 완전히 안심할 수가 없는 것 같았다. 그러나 마지막 회전까지 통틀어 볼 때 그 도전자가 유리했던 라운드는 겨우 두 라운드 정도밖에는 없는 것 같았다. 아무리 아웃복서라지만 그는 도전자답지 않게도 거의 전 라운드를 도망만 다닌 듯한 인상이었다.

"이겼다, 이겼어."

마지막 공이 울렸을 때 사람들은 모두들 십 년 묵은 체중이 싹 풀려버렸다는 듯한 표정들이었다. 판정은 뭐 보나마나라는 듯한 표정이었다.

그러나 사람들은 자리를 뜨지 않고 그대로 앉아 있었다. 결정적인 순간까지 보고 떠날 심산들인 것 같았다.

"케이오를 시켰어야 하는 건데."

누군가 아쉽다는 듯 말했다. 불시에 장내가 긴장하는 듯하더니 이어 득점 발표가 시작되었다 사람들은 숨을 죽인 채 그 발표를 듣고 있었다.

"무슨 소리야?"

"졌다는 얘기 아냐?"

발표가 모두 끝나자 다방 안이 잠시 술렁거리고 있었다. 어이없게도 수상기 안에서는 비겁하게 도망만 다니던 도전자가 두 손을 높이 쳐들고 링 위를 껑충껑충 뛰어다니고 있었다.

"조용히들 합시다. 아나운서가 자세히 말해 줄 거요."

누군가 그렇게 소리치고 있었다. 그러자 다방 안은 다시 조용해졌고 이어 소리치는 것을 알아듣기라도 했다는 듯 아나운서가 침통하게 말하기 시작했다.

"정말 애석한 일입니다. 프로 세계의 비정함을 다시 한번 절감하게 되는군요. 앞으로 우리 선수들은 이번 경우를 거울삼아 좀더 펀치력을 길러야 하겠습니다. 케이오만

시켰다면 하자가 없는 것이 아니겠습니까."

다방 안은 물을 끼얹은 듯 조용해져 있었다. 알 수 없는 배반감과 비애감이 다방 가득 서려 있었다. 침묵은 오래도록 계속되어졌고 자리를 뜨는 사람은 아무도 없었다. 그들은 모두 하나같이 어떤 기준을 잃어버린 듯한 표정이었다.

"게임에는 이겼지만 돈에는 졌어. 프로는 돈이야."

잠시 후 어디선가 나지막한 목소리가 들려왔다. 그 목소리를 계기로 사람들은 하나 둘 일어섰다. 아무 말도 하지 않았다. 돈에는 졌다는 것을 뼈저리게 절감하는 표정으로, 그러나 어쩔 수 없다는 것을 저마다 긍정하는 표정으로 천천히 다방 문을 나서고 있었다.

우리도 일어섰다. 그리고 밖으로 나와 우산을 켰다. 비조차도 감질나게 내리고 있었다.

"뉴스라니, 무슨 뉴슨가 말해 봐."

나는 조금 전의 패배감을 씻기라도 하려는 듯 우희에게 말했다. 우희의 눈가에 다시 생글생글 웃음이 감돌고 있었다.

"나 시집가게 되는지도 몰라요. 어제 선봤어요. 이번에는 좀 마음이 흔들리는 데예요."

"그래."

나는 약간 켕기면서도 우선 태연한 표정을 지어 보였다.

"어떤 남잔데?"

"신동원에서 보석상을 하고 있대요. 미남이었어요. 공대 출신이라나봐요."

옘병, 꿀리는구나라고 생각했다. 그러면서, 공대생에다 보석상에다 미남이라면 너도 별 수 없는 속물이로구나 하는 생각도 없지 않았다. 우리는 약속이나 한 듯이 내 방을 향해 걷고 있었다.

거리는 텅 빈 채 젖어 있었다.

"그만하면 괜찮군."

나는 어이없게도 벌써부터 마음속으로 그녀를 포기하고 있었다. 어쩌면 잠재의식 속에서 나는 그녀를 포기하는 연습을 수없이 감행해왔었는지도 모른다는 생각을 했다. 그래서 정말로 쉽사리 그녀를 포기해 버릴 수가 있을는지 모른다는 생각을 했다.

"그리로 시집갈까 봐요."

"그렇게 해."

상림동 언덕을 오를 때까지 우리는 아무 말도 하지 않았다. 나는 마음속으로 다짐하고 있었다. 이 여자를 오늘

내 침대의 코너에다 몰아넣고 반드시 케이오를 시켜버리고야 말리라. 하자가 없도록 만들고야 말리라. 조금 전 링에서 돈에 패배했던 한 권투선수처럼 그렇게 허망하게 끝맺지는 않으리라. 나는 우희의 허리를 힘주어 껴안았다.

그러나 막상 링에 올랐을 때 나는 아무 펀치도 날릴 수가 없었다. 무슨 까닭에선지는 모르지만 비참하게도 나의 펀치는 완전히 무기력한 상태가 되어 있었다. 몇 번을 시도해도 마찬가지였다.

그녀는 기권패한 나를 남겨두고 전화해 주세요, 격려하듯 한마디를 던지고는 황망히 집으로 돌아가 버렸다. 밤새도록 다시 억수 같은 소나기가 퍼부어졌고 천둥 번개가 한참 동안 천지를 물어뜯고 있었다. 나는 새벽녘에야 간신히 잠들 수가 있었다.

나는 장암산 속에 갇혀 있었다. 아무리 헤매어도 길이 나타나지 않았다. 하늘을 보니 햇빛이 나뭇잎들 사이로 어릿어릿 현기증을 앓고 있었다. 강렬한 햇빛은 아니었다. 기우는 햇빛이었다. 약간의 주홍빛이 섞여 있었다. 나는 해가 지기 전에 마을을 찾아야 한다고 생각하고 있었다. 마음이 자꾸만 초조해져 왔다. 그러나 나는 우람한 나무들에게 완전히 포위당해 있었다. 아무리 안간힘을 해도 그 나무들의 포위망을 벗어날 수가 없었다.

사방은 고요했다. 산짐승들의 울음소리도 들리지 않았고 풀벌레들의 울음소리도 들리지 않았다. 산은 완전히 비어 있는 것 같았다. 순식간에 어둠이 닥쳐오고 있었다. 커다란 절망감이 그 어둠과 함께 내 가슴을 휩싸고 있었다.

어둠은 모든 것들을 먹어치우고 있었다. 바위를 먹어치우고 나무를 먹어치우고 어둠마저도 먹어치워서 더욱 깊은 어둠을 낳고 있었다. 이젠 아무것도 보이지 않았다. 나는 탈진해 있었다. 얼굴이 긁히고 옷이 찢어지고 무릎이 깨어져 있었다. 나는 더 이상 움직일 수가 없었다. 그래서 그만 땅바닥에 털씩 주저앉고 말았다. 사방은 완벽한 어둠밖에 없었다. 완벽한 어둠과 고요밖에 없었다. 산속에는 나 혼자밖에 없는 것 같았다. 나는 고요 때문에 울고 싶은 심정이었다. 견딜 수 없는 것은 바로 그 고요라는 것이었다. 무서워도 좋으니 차라리 호랑이나 늑대의 울음소리라도 들렸으면 싶었다.

그때였다.

나는 순간적으로 전신을 긴장한 채 어둠 한 곳을 뚫어져라 응시하기 시작했다. 아주 작은 인광 하나가 문득 내 눈에 띄었기 때문이었다. 처음 그것은 아주 희미한 빛으로 천천히 깜박이고 있었다. 그리고 그것은 차츰 선명한 초록빛으로 변해 가고 있었다. 무엇일까.

나는 긴장감 속에서 숨을 멈추고 한 곳만을 응시하기 시작했다. 반딧불은 아닌 것 같았다. 그렇다고 썩은 고목이나 동물들의 뼈 따위도 아닌 것 같았다. 그리고 맹수의 눈동자는 더욱 아닌 것 같았다. 거기에서 전혀 공포감 같은 것이 느껴져오지 않았다. 그것은 몹시 아름다운 느낌까지 불러일으킬 정도로 은은하고 투명한 초록빛이었다.

잠시 후 나는 그것들이 완벽한 어둠 여기저기에 하나 둘 새로이 생겨나고 있는 것을 목격할 수 있었다. 그것들은 초록빛만이 아니었다. 주홍, 파랑, 보라, 노랑 따위의 여러 가지 빛깔이었다. 그러나 결코 현란하지는 않았다. 한결같이 은은하게 깜박이고 있었다. 나는 천천히 그것들 중의 하나에게로 다가섰다.

자세히 보니 그것들은 내가 생전 처음 보는 곤충이었다. 나비 같았다. 가만히 날개를 접었다 폈다 하면서 나무 둥치에서 쉬고 있었다. 날개들은 투명한 형광물질로 되어 있는 것 같았다. 모양은 나비같이 생겼는데 나비는 아니었다. 자세히 보니 날개가 전혀 부드럽지가 않았다. 화학

물질로 만든 것 같은 느낌이었다. 도대체 본 적도 들은 적도 없는 곤충이었다. 이제 그 곤충들은 산 전체를 장악하고 있는 것 같았다.

나는 그것들을 모조리 잡아가지고 돌아가고 싶었다. 아마도 엄청난 돈이 될 것 같았다. 그러나 그 많은 곤충들을 어디에 다 넣어 가야 좋을는지 알 수 없었다. 나는 아무런 채집 도구도 가지고 있지 않은 상태였다. 웃옷을 벗어 거기에다 조심스럽게 담아 가는 수밖에 없다는 생각이 들었다. 그렇게라도 해야만 될 것 같았다. 야마다의 얼굴이 떠올랐다. 나는 그 어떤 곤충보다도 비싸게 부를 것이다. 안 산다면 나도 배짱을 부려야지. 하지만, 이 정도라면 안 사고는 못 배길 것이다. 형광나비는 세계적으로 희귀한 것일 테니까.

그러나 갑자기 나는 어떤 두려움 속에 사로잡혔다. 혹시 무서운 독을 가진 곤충일는지도 모른다는 생각이 들었던 것이다. 그렇다. 그것들은 틀림없이 독충들일 것 같았다. 나는 조심해야 한다라고 마음속으로 경고했다. 그때였다.

마치 갑자기 침입자를 의식한 날파리떼들처럼 그것들은 일제히 어수선하게 하늘로 날아올랐다. 어지러운 날갯짓소리가 실처럼 엉키고 있었다. 그리고 곧 그것들은 일제히 나를 습격하기 시작했다. 맹렬한 기세였다. 나는 전신을 휘저으면서 그것들을 피하려고 혼신을 다해 몸부림치고 있었다…….

그것은 우습게도 꿈이었다. 깨어보니 빗소리는 거짓말처럼 그쳐 있었다. 나는 문득 머리맡에서 사람의 인기척을 느끼고는 순간적으로 그것이 우희일 것이라는 생각을 했었다. 그러나 그것은 우희가 아니었다. 전혀 낯선 남자였다. 머리카락이 수세미처럼 헝클어져 있었고 옷도 형편없이 너덜거리는 누더기였다. 마침 어릴 때 보았던 그 괴상한 영감탱이의 젊었을 때를 보고 있는 것 같다는 생각이 문득 머릿속을 스치고 지나갔다. 꿈은 깼는데 또 꿈인가 하고 잠시 나는 의아해했었다. 그 낯선 남자는 어딘가 모르게 또 낯익은 데가 있는 듯한 느낌도 들었다.

"누구요, 당신?"

나는 그렇게 물어보려 했다. 그러다가 나도 모르게 순간적으로 벌떡 자리에서 일어났다.

"형기 아니냐!"

놀랍게도 그것은 오래전에 홀연히 자취를 감추었던 바

로 내 동생 형기였던 것이다.

사람이 외형적으로 이토록 몰라보게 변해버릴 수도 있는 것일까. 동생은 한마디로 완전히 걸인 같은 모습으로 변해 있었다. 어릴 때의 그 맑고 깨끗하던 얼굴은 흔적조차도 찾아볼 수가 없었다. 눈동자 하나만이 그대로였다. 나머지는 모두 긁히고 녹슬고 거칠어져 있었다.

"산에 들어갔었어요."

동생은 약간의 웃음기가 서린 얼굴로 내게 말했다.

"여러 산을 떠돌아다녔지요. 지금은 장암산에 있어요."

동생은 자기가 이 세상에다 남겨놓고 떠날 만한 것이 무엇인가를 한 번 찾아보아야겠다는 생각으로 일단 하산했노라고 내게 말했다.

"떠나다니, 또 어디로 떠난다는 말이냐. 그리고 이 세상에 남겨놓고 떠날 만한 것이라니 도대체 무슨 뜻이냐?"

"차차 알게 되실 겁니다. 지금은 설명해 드려도 모르실 거예요."

동생은 바랑을 어깨에서 벗어내리며 다시 잔잔한 미소를 띠었다.

나는 옷들을 꺼내어 갈아입으라고 동생에게 건네어 주었지만 동생은 그것을 한마디로 가볍게 사양해 버렸다.

지금 입고 있는 옷이 한결 더 마음이 편하다는 이유에서였다.

"옷이란 껍데기에 불과해요, 중요한 건 마음이지요."

동생의 목소리는 매우 차분하고 부드러워서 어딘지 모르게 조용한 설법을 듣는 듯한 느낌을 불러일으키고 있었다.

"그래, 산에서 무엇을 하며 살았었나?"

"글쎄요."

동생은 빙그레 한 번 웃어 보였다. 그리고 내게 이렇게 대답해 주었다.

"도를 닦았다고 하면 믿어 주실는지……."

나는 동생이 농담을 하고 있는 것으로 착각했었다. 그러나 동생은 절대로 농담이 아니라고 잘라 말했다. 표정으로 보아서는 결코 농담이 아닌 것이 분명한 것 같았다.

동생의 말을 빌면 아직도 깊은 산중에는 우리가 알 수 없는 어떤 문제 하나를 놓고 끊임없이 마음을 갈고 닦으면서 구도(求道)의 심지를 태우는 사람들이 수없이 많다는 거였다. 그리고 우리가 감히 상상도 할 수 없는 경지에로 몰입해서 초자연적인 상태에까지 도달해 있는 사람들도 부지기수에 달한다는 얘기였다.

"어떤 산에서 몇 년 동안 도를 닦고 내려왔다는 무슨 거사니 무슨 도사니 하는 사람들 말이냐. 운명철학 어쩌구 하면서 점도 치고 귀신도 쫓고 하는?"

"그런 것은 말할 건덕지도 못 됩니다. 물론 그런 것에 통달한 사람들도 있기는 있어요. 중국 무협소설에나 나올 법한 축지법이니 경신술이니 하는 것을 통달한 사람들도 있지요. 하지만 그 정도는 아무것도 아닙니다."

"그럼 어느 정도가 되어야 굉장한 거냐."

"다음에 설명해 드리지요. 지금은 아무리 설명해 드려도 이해하실 수가 없습니다."

동생은 그렇게 대답을 얼버무려 버렸다

축지법이니 경신술이니 하는 것들을 실지로 통달한 사람들이 있다니, 그것은 도저히 믿을 수가 없는 노릇이었다. 만약 그런 사람들이 있다면 왜 올림픽의 높이뛰기 종목이나 넓이뛰기 종목에를 나가지 않겠는가 말이다. 나는 동생의 말을 결코 액면 그대로 받아들일 수가 없는 입장이었다.

물론 어릴 때부터 동생은 여러 가지로 남들과는 달랐었다. 동생을 보고 있으면 마치 돌연변이를 보고 있는 듯한 느낌까지 들었었다. 하지만 아무리 그렇다고는 하더라도 지금 동생이 내게 해준 말은 너무 만화적이라는 생각이었다.

"무엇이든 마음이 중요합니다. 마음의 눈이 뜨이지 않으면 단순히 눈에 보이는 것들밖에는 볼 수가 없습니다. 사람들은 이제 거의가 눈에 보이는 것들에게 점령당해 있어요. 나중에는 반드시 눈에 보이는 것들 때문에 몰락해 버리고 말지도 모릅니다."

"그럼 너는 어느 정도나 도통해 있는 거냐?"

"언젠가는 알게 될 텐데 무얼 그리 조급하게 서두르세요. 때가 되면 형님께서도 절로 제 모습을 보실 기회가 옵니다."

동생은 거듭 나를 향해 잔잔한 미소를 보내왔다. 미묘한 느낌의 미소였다. 마치 동생이 형이고 내가 아우가 되어 있는 듯한 느낌이었다. 동생은 한마디로 너무 점잖아져 있었던 것이다. 어투도 마치 무슨 선사(禪師)의 그것 같은 느낌을 불러일으키고 있었다.

나는 이 뜻밖의 사태를 만난 것에 대해 약간의 당혹감을 느끼지 않을 수 없었다. 엉뚱하게도 어쩌면 동생이 돌아버린 것이나 아닌지 모르겠다는 생각이 퍼뜩 내 머릿속을 스치고 지나갔다.

어릴 때부터 동생은 정상인의 그것과는 전혀 다른 여러 가지 모습들을 보여왔다. 태어나자마자 빙긋빙긋 웃었다는 것부터가 그러했다. 어쩌면 동생은 그때부터 이미 약간 돌아버렸는지도 모를 노릇이었다. 그리고 지금은 그 병세가 좀더 악화되어 있는 상태인지도 모를 노릇이었다. 하여튼 동생의 그 갑작스런 출현은 내 머릿속을 몹시 혼란하게 만들어 놓기 시작했다. 나는 동생과 함께 생활하기 시작하면서부터 갑자기 게을러지기 시작했다. 그것은 동생이 만들어내는 분위기 탓인 것 같았다. 동생과 함께 있으면 왠지 아무 일도 하고 싶지 않은 심정이었다. 너무 오랫동안 혼자서만 살아오다가 모처럼 함께 살게 되었으니 당분간은 늘 곁에 붙어 있고 싶은 것도 당연한 일일 것 같았다. 나는 날마다 동생과 한가롭게 마주 앉아서 심심풀이 삼아 동생의 이야기를 듣는 것을 최근의 유일한 즐거움으로 삼고 있었다. 동생 역시 나와 얘기를 나누는 것이 그리 싫지는 않았던 모양으로 내가 원하기만 하면 언제든지 차분한 목소리로 내게 이야기를 들려주기를 서슴지 않았다.

동생이 가장 혐오하고 경멸하는 것은 바로 이 시대의 과학이라는 것이었다. 이 시대의 과학이야말로 이 시대의 바보들이 만들어낸 인류 최고의 진부한 미신이며 지상 최대의 굿거리라는 거였다. 그것은 지금 인류 평화를 빙자

하여 인류 멸망을 재촉하는 데 무엇보다도 앞장서 있다는 주장이었다.

동생은 투명체 모형 피라미드 한 개를 가지고 있었다. 그것은 대단히 투명해 보였다. 마치 허공을 결정시켜서 그려다 붙여놓은 느낌까지 들 정도였다. 동생은 그것을 어떤 영혼 물질로 만들었다고 믿고 있었다.

동생이 어느 산에선가 도를 닦고 있을 때 우연히 절벽에서 떨어진 외국인 하나를 만났었고, 동생은 그 외국인을 자기 토굴 속으로 데리고 가서 극진히 간호해 주었으며 거의 회복된 다음 하산하면서 그 외국인은 기념으로 그것을 동생에게 주었다는 거였다.

그것은 팔각 성냥통 정도의 부피를 가지고 있었다. 그리고 그것은 각면이나 모서리 들이 흠집 하나도 없이 정교했으며 대단히 매끄럽고 투명해 보였다. 무엇이든 그 속에다 집어넣기만 하면 이슬방울로 변해버릴 것 같은 느낌이었다. 그것은 아주 예쁜 모습이었다. 동생은 그것을 완벽한 기하학적 아름다움이라고 말했었다. 동생이 그것을 획득한 것은 전혀 뜻밖의 행운으로서 어떤 의미에서는 동생이 그동안 닦아온 도보다도 몇 배나 값진 것이라는 얘기였다.

동생은 이렇게 말했었다.

까마득히 먼 옛날 이 지구상에는 오늘날의 과학자들이 감히 상상조차 할 수 없을 정도로 과학이 정점에까지 도달했었던 시대가 존재했었다. 그 시대에 살고 있던 과학자들은 마음이라는 것 자체를 에너지원으로 보고 있었다. 그리고 마음이라는 것 자체를 물질화시켜 여러 가지 연구를 거듭했었다. 이른바 '영혼과학'이라는 학문이었다. 그들은 모든 생물과 무생물 들이 마음을 가지고 있다고 믿고 있었다. 그리고 그것들이 모두 한결같이 호흡을 하고 있다고 믿고 있었다. 그래서 그 호흡에 의해 언제나 대우주는 기(氣)라는 것으로 충만해 있으며 그것 또한 다른 형태의 에너지원임을 믿고 있었다. 그들은 그 두 가지 형태의 에너지원을 음성적인 에너지원과 양성적인 에너지원으로 각각 구분해 놓고 그 두 가지 형태의 에너지원을 잘 조화시켜 인류를 어떻게 하면 가장 이상적인 상태에까지 도달시킬 수 있는가를 연구했었다. 그리고 그것을 연구했었던 연구실이 바로 이집트에 있는 대피라미드였다.

그들이 비로소 알아낸 바에 의하면 인류의 가장 이상적인 형태는 바로 이 지구를 떠나 어떤 복락의 공간 속에서 순수 지성과 순수 사랑과 순수 영혼의 덩어리만으로 모여 사는 것이었다. 그래서 그들은 이 지구 위에 미래를 부정하고 타인을 인정하지 않으며 양심을 속여 자신의 현실만을 위해 지구를 더럽혀온 죄수들만을 남겨 놓고 우선 그들이 발견했던 제4차원의 세계로 떠나버렸다.

동생의 얘기를 듣고 보니 나도 신문이나 잡지를 통해 피라미드에 관한 이야기들을 몇 번 읽어 보았던 기억이 났다. 피라미드의 삼분지 일이 되는 지점에다 우유를 넣어두면 요구르트 따위의 유산균이 된다는 것, 그리고 역시 그 지점에다 날이 무지러진 면도날을 넣어두면 날이 재생되어진다는 것 등의 기사였다.

"너는 피라미드의 신비를 모두 사실로 믿고 있나?"

나는 동생에게 물어보았다.

"물론이지요."

동생은 더 이상 거론할 필요가 없다는 투로 간단히 대답했다.

"그렇다면 그 이집트의 피라미드를 어떻게 축조했는지 알고 있는 대로 말해다오. 돌 하나의 무게가 평균 2톤 반이고 더러는 50톤 이상이나 되는 것도 있다는데 보통 피라미드 부속 건물에만도 2백만 톤 이상의 석재가 필요하다는 얘기를 읽은 적이 있어. 그 엄청난 무게의 돌들을 어떻게 운반해서 그런 거대한 건축물들을 만들 수가 있었을까?"

"그것은 간단한 문제입니다. 형님, 제가 가지고 있는 이런 피라미드 몇 개만 있으면 그 정도는 쉽게 만들어낼 수가 있어요. 내가 가지고 있는 이 피라미드는 일종의 에너지 공명장치입니다. 아까도 말씀 드렸듯이 이 속에다 기를 집어넣고 공명을 시키는 거예요. 상상도 할 수 없는 위력을 발산합니다. 이것을 구성하고 있는 물질은 보통 물질하고는 달라요. 진주조개의 진주나 선승들의 사리와 거의 유사한 물질입니다. 마음의 아픔으로써 만들어진 물질이지요. 특히 이것을 사용하는 사람의 마음이 절실하면 절실할수록 에너지는 쉽게 공명합니다. 여기에서 발생하는 에너지로 야산 하나 날려버리는 것쯤은 식은 죽 먹기예요."

"저기에다 기를 집어넣다니 무슨 소리냐?"

"마음을 집어넣는다는 소리지요."

"아무나 그렇게 할 수 있는 거냐?"

"아무나 그렇게 할 수는 없어요. 마음이 완전히 순수한 상태이어야 하니까요. 일체의 사심을 가져서는 안 됩니다."

동생은 지금 지구 위에 남아 있는 사람들이 이제는 거의 구제불능의 상태에 놓여 있다는 얘기였다.

"지성도 사랑도 영혼도 모두 오염되어져 있어요. 심지

어는 가장 깨끗해야 할 종교인들까지도 때로는 신의 사업을 빙자하여 세력다툼을 하고 재산싸움을 하고 이기주의적인 행동들을 일삼는 수가 있습니다. 행위 자체에 너무 신경들을 쓰는 것보다는 우선 마음을 맑게 닦는 일에다 정성을 쏟는 일이 중요합니다. 맑은 마음만이 진정한 기가 될 수 있습니다. 사람들은 빛보다 빠른 분자를 발견하면 제4차원의 세계로 갈 수 있다는 것을 잘 알고 있지요. 그러나 마음의 분자, 즉 진정한 기의 분자가 바로 빛보다 빠른 분자라는 것은 아직 잘 모르고 있습니다."

"마음이 맑은 자는 화평하고 또 화평한 자는 화평한 미래의 세계로 가서 살 수가 있습니다. 인간이 도달할 수 있는 세계는 여덟 단계로 구분되어져 있습니다. 그것을 8계라고 합니다. 우리가 살고 있는 이 지구는 제3계에 불과합니다. 죽으면 누구나 자동적으로 제4계로 갈 수가 있지요. 제3계인이 지구에서도 비참하게 사는 나라와 행복하게 사는 나라가 있듯이 제4계라는 곳에도 역시 여러 가지 형태의 삶이 존재합니다. 제3계인 지구에서 벌어놓은 마음만큼 제4계에서도 화평할 수가 있습니다."

도대체 뭐가 뭔지도 모를 소리들이었다. 동생은 완전히 그 모형 피라미드에 미쳐 있는 상태 같았다. 거의 모든 의식주를 그 피라미드와 함께 행하고 있었다.

그러나 나는 동생의 얘기들을 무조건 부정하지는 않았었다. 이 지구상에는 아직도 우리가 밝혀낼 수 없는 불가사의한 일들이 상당히 많음을 나도 인정하기는 인정하는 입장에 놓여 있었다. 하지만 또 한편으로는 동생의 모든 얘기들을 액면 그대로 믿어주기에는 너무도 근거가 희박했다. 그러면서도 뭔가 심상치 않은 분위기가 동생에게 서려 있는 것만은 부정할 수가 없었다. 그리고 동생이 한동안 산속을 떠돌며 살아왔었던 것만큼 그 행동이 남다른 것 또한 부정할 수가 없었다.

동생은 우선 먹는 것부터가 남달랐다. 자기 전에 피라미드 속에다 겨우 한 모금 정도의 맹물을 넣어두었다가 아침에 그것을 먹는 것으로 하루의 일과를 시작했다. 그리고 점심때에는 역시 그 모형 피라미드 속에 넣어두었던 아주 작은 풀잎 하나나 또는 과일 한 쪽으로 식사를 대신했다. 저녁때만 식사가 우리와 흡사했다. 밥을 먹는 것이었다. 그러나 우리처럼 배불리 먹는 것이 아니라 아주 조금만 먹었다. 그것도 순 채식으로만이었다. 도대체 저렇게 조금만 먹고 어떻게 살아갈 수가 있는 것일까. 참 존경스러운 일이 아닐 수 없었다. 그러나 동생은 한 달 동안이나 모든 곡

기를 끊고 단식을 했었던 적도 있다고 말했었다.

하여튼 동생은 집에 머물러 있는 동안 틈만 나면 밤낮 없이 그 투명 모형 피라미드 한 개를 앞에 놓고 깊은 명상에 잠겨 있곤 했다. 그럴 때의 동생의 눈은 그야말로 투명한 하늘, 먼지 한 점 묻어 있지 않은 유리 또는 고요하고 맑은 물속을 연상케 했다.

나는 동생을 시험해보기 위해 가끔씩 동생을 빈정거려주곤 했었다.

"그래, 네가 저 장암산에서 궁극적으로 획득할 수 있는 성공의 형태란 도대체 어떤 것이냐, 일지매냐?"

"아닙니다."

"사명대사냐?"

"아닙니다."

"그럼 타잔이냐? 홀딱 벗고 아오오오 하고 색쓰는 소리를 내는 타잔 말이다."

"그것도 아닙니다."

동생의 태도는 언제나 흔들림이 없어 보였다.

"그럼, 넌 도를 닦아서 뭐가 되려는 것이냐?"

"신선이 되려는 것입니다."

"신선?"

나는 어이가 없어 그만 말문이 막혀 버릴 지경이었다.

"거듭되는 망상 속에 밝아오는 청량리로구나."

"무슨 뜻입니까?"

"밝아오는 정신병원, 청량리 정신병원."

"마음만 잘 다스리면 누구든지 신선이 될 수 있습니다."

동생은 언제나 설법을 하듯 진지하게 가라앉은 어투였다.

"예수도 석가도 모두 신선이었습니다. 태어난 지역만 우리하고 다를 뿐입니다. 우리는 죄인들의 후예입니다. 그렇지만……."

마음을 잘 다스리면 신선의 나라에 가 닿을 수가 있다는 거였다. 신선의 나라란 바로 과학문명이 극도로 발달했던 우리들의 선조들이 영혼과학이라는 것을 이용해서 이 지구를 떠나 순수 지성, 순수 사랑, 순수 영혼만의 덩어리로만 모여 사는 장소를 말함이라는 거였다.

"그럼, 신선이란 어떤 것이냐."

"쉽게 말하면 속세를 떠나 선경에 살며, 불로장생의 법을 닦아 사람의 지혜로써는 헤아릴 수 없는 신비로운 변화를 구속 없이 자유롭게 펼칠 수 있는 인격체를 말합니다."

"장암산은 결코 선경이라고 할 수가 없을 텐데?"

"글쎄요. 사람의 지혜로써는 헤아릴 수 없는 것이 아니겠습니까."

"신선이 되는 데 피라미드가 사용된다는 것은 잘 이해가 가지 않는구나."

"피라미드는 선경으로 들어가는 통로 같은 것입니다. 자세히 설명하기는 어렵습니다. 하여튼 이 피라미드 구조가 마음을 공명하기에 가장 이상적인 형태라고나 할까요."

"너는 신선을 제4차원에서 온 인간이라고 생각한단 말이지."

"극단적으로 말하자면 차원을 마음대로 구속 없이 넘나드는 사람을 말합니다."

"귀신하고는 어떻게 다르냐?"

"완전히 다릅니다. 귀신은 영적이기는 하지마는 선경에 들어갈 수가 없는 성질의 것입니다. 선경에 들어가자면 마음에 남은 찌꺼기가 한 점도 없어야 합니다."

"선경이란 어떤 곳이냐?"

"극락이나 천당 같은 곳도 선경이라고 할 수가 있습니다."

나는 어렴풋이 동생의 세계를 상상할 수가 있을 것도 같은 기분이었다. 그러나 그것은 이론에 대한 긍정이지 결코 성취 가능성에 대한 긍정은 아니었다.

동생은 단지 이론적으로 인간의 절대적 이상형을 신선

에다 두고 동서(東西)의 모든 것을 신선의 테두리 안에다 묶어놓고 있는 것 같았다. 나는 동생이 어릴 때 환상을 좋아하면서 살았었고 아직도 그 환상에서 깨어나지 못했다고 판단하고 있었다.

"옛날의 신선들은 이런 피라미드도 없이 어떻게 신선이 될 수가 있었냐?"

"이런 피라미드도 없이 신선이 되었다는 것을 형님은 어떻게 아십니까?"

나는 할 말이 없었다. 동생은 피라미드를 단지 그 지역과 시대에 따라 피라미드라고 부르지 않았을 뿐이지, 그때도 있기는 있었다는 주장이었다. 무릇 도와 관계되는 모든 장소를 유심히 한번 살펴보라는 것이었다. 절에서 흔히 볼 수 있는 사리탑이나 사원의 지붕 또는 고깔 이런 것들은 모두 피라미드의 변형으로서 그 무엇인가를 암시해 주고있다는 거였다. 서양의 경우도 마찬가지라는 거였다. 교회당의 첨탑, 사제들의 모자, 이런 것들은 모두 피라미드의 변형이라는 거였다. 흔히 도를 닦는 사람들이 산으로 들어가는 이유는 산이라는 것 자체가 단순화시키면 피라미드의 형상을 하고 있기 때문이라는 거였다.

"너는 그럼 신선이 되어 있는 것이냐?"

"그렇지 않습니다. 아직은 마음에 약간의 때가 끼어 있어요. 좀더 수도를 해야 합니다."

동생은 얼마간 세상 구경을 해보고 다시 산으로 들어가야겠다고 내게 말했다.

우희의 어머니를 만났다. 내가 자청한 일이었다. 결과는 예상했던 대로 안 만난 것만도 못하다는 쓸쓸한 맛을 내게 남겨 놓았다. 그녀는 자기의 딸을 마치 물물교환 센터에 비치되어 있는 최신형 외제 고급 전자제품처럼 굉장한 존재로나 생각하고 있는 듯한 태도였다. 그리고 또 나는 아무짝에도 쓸모가 없는 고물상의 녹슨 고철 따위로밖에는 생각할 수가 없다는 듯한 태도였다.

"우리 우희가 너무 밑진다고는 생각지 않으세요?"

무슨 말 끝엔가 그녀는 도도한 표정으로 그렇게 말했었다.

"아무튼 이후부터는 우리 우희를 만나는 일이 없도록 해주세요. 그쪽의 인격을 믿고서 하는 소리예요. 우리 우희는 이미 정해진 상대가 있으니까."

그녀의 결론은 그러했다. 기분이 좋지 않았음은 물론이었다. 인격이라니, 고물상의 녹슨 고철 따위로밖에는 생각할 수가 없다는 듯한 태도로 대해 준 남자에게 인격이라는 말을 사용하다니 과분하지 않은가. 나는 인격이고 나발이고 기회만 주어진다면 언제든 우희를 만날 심산이었다. 백 번이고 천 번이고 만날 심산이었다. 만나서는 다방도 가고, 극장도 가고, 또 여관에도…… 뭐 갈 수가 있다고 나는 생각했다. 한두 번 간 것도 아니니까 새삼스러울 것도 없는 문제였다. 부모님들이 아무리 반대를 한다고 해도 나는 우희를 내 것으로 굳게 믿고 있었다. 우희 역시 몇 번이나 나를 사랑한다고 말했었다.

그러나 여자란 도대체 어떻게 만들어진 동물인지 도무지 나는 이해할 수가 없었다. 내가 우희의 어머니를 만나고 난 뒤 채 한 달이 못되어 우희의 태도는 초겨울 아침 칼날처럼 차디차고 위태로운 느낌으로 돌변해 있었던 것이다. 건드리기만 하면 내 살갗에 금방 상처가 나버릴 것 같은 느낌이었다.

물론 내 잘못도 없지는 않았다. 우희의 어머니를 만나고 난 다음날부터 갑자기 나는 마음이 조급해져서 필요 이상으로 전화질을 해대기 시작했던 것이다. 그리고 만나기만 하면 우희를 여관으로 몰아넣고는 밤늦게까지 붙잡아두곤 했었던 것이다. 더러는 집에 보내주지 않고 함께 밤을 새운 적도 몇 번 있었다. 아무래도 우희의 태도가 옛날보다는 한결 흐리멍덩해져 있는 것 같아서였다. 나를 별로 탐탁하게 생각지 않는다는 것도 나는 가슴으로 확연하게 감지할 수가 있었다. 부디 우희가 임신이라도 해버리는 사태가 발생해 주기를 나는 간절히 빌고 있었다. 그러나 임신이라는 것도 재수 여하에 따라서 하고 못하는 것인 모양이었다. 우희는 언제나 멀쩡했다.

"도대체 왜 이렇게 나를 못살게 굴어요! 더 이상 전화하지 말랬잖아요!"

우희는 결국 나를 징그럽게까지 생각하기 시작한 것 같았다. 나는 날이 갈수록 이성을 잃어가기 시작했다. 때로는 술에 취해 우희네 집 대문을 두드리다가 우희의 오빠라는 작자에게 직사하게 두들겨 맞기도 했고 우희를 붙들고 거리에서 옥신각신하다가 치한으로 몰려서 파출소 신세를 진 적까지 있었다. 솔직히 말해서 나는 미칠 것 같은 상태에 이르러 있었다. 정말이지 지푸라기라도 있으면 거머잡고 싶은 심정이었다.

"형님은 지금 진흙덩어리를 진주덩어리라고 착각하고 있어요. 그건 형님이 아직 마음의 눈이 뜨이지 않았기 때문이지요. 알고 보면 눈에 보이는 모든 것은 보잘것없고 쓰잘 데 없어요. 우선 마음을 비우세요. 먼지가 가득 낀

유리창을 통해서는 아무것도 내다볼 수가 없어요. 마음을 비워 놓고 들여다보면 모든 것이 제 모습대로 보입니다."

동생은 내게 그렇게 말했었지만 내 가슴은 지금 그 무엇인가가 꽉 들어차서 폭발해 버릴 지경에 이르러 있었다. 아무리 마음을 비우려고 애를 써보아도 자꾸만 마음속으로 뛰어드는 것들, 우희에 관한 생각들, 나는 그것들 때문에 차라리 손가락이라도 한 개 잘라버리고 싶은 심정이었다.

우희가 선을 보았다는 말을 들었을 때 나는 우희를 쉽게 포기할 수가 있을 것 같았었다. 평소에도 물론 잘 안되는구나 포기해 버릴까 하는 생각을 더러는 품어본 적이 있었다. 나는 영 자신이 없었던 것이다. 열등의식이 이만저만이 아니었던 것이다.

그러나 막상 우희와 나 사이의 끈이 끊어져버리려는 사태 앞에서 나는 선뜻 내 손으로 그것이 끊어져버리는 것을 방관해 버릴 수가 없었다. 사내로서는 좀 쩨쩨하다는 생각이 들었으나 나는 가능하면 자존심을 있는 대로 죽여버리는 한이 있더라도 우희를 끝까지 붙잡아두려고 발버둥치고 있었다. 나는 몹시 돈이 필요하다는 것을 절감했다. 얼마간의 돈이 있다면 어디 그럴 듯한 관광지에라도 우희를 강제로 데리고 가서 마음을 돌리도록 설득해 보고 싶었다. 그런 곳에서라면 누구나 약해지기 마련이며 속세의 계산 따위보다는 낭만을 더 높이 사고 추억을 더 높이 사며, 나아가서는 사랑한다는 말을 쉽게 피부로 실감할 수가 있을 것이다. 정 극한 상황에 부딪치게 된다면 우희가 가족들에게 몰매를 맞아 죽는 한이 있더라도 우희를 납치해서 지하실 같은 곳에다 감금해 놓고 가능하면 한 달 정도만이라도 함께 생활해 보고 싶은 욕심이었다.

"너는 일본을 어떻게 생각하냐. 우리보다는 한결 월등하다고 생각하냐?"

나와 동생은 속칭 추곡약수터 부근의 여인숙에다 방을 정했다. 왜 하필이면 굳이 이리로 와야 하느냐고 동생은 내게 물었지만 나는 나의 흑심을 동생에게 드러내 보이기가 싫어서 그저 왠지 이곳이 마음에 들어서라고만 대답해 주었다.

"일본이라고 해서 우리보다 월등하지는 않아요. 원래는 모두가 평등합니다."

내가 이리로 오게 된 것은 장수하늘소에 대한 욕심 때문이었다. 약수터에서 약 일 킬로미터 정도를 걸어 나가면 추전리라는 마을이 하나 있는데 거기가 바로 장수하늘소의 발생지였다.

장수하늘소는 천연 기념물 218호로 지정되어 있었다. 곤충으로서는 유일한 천연 기념물이었다. 그리고 추전리 역시 천연 기념물 75호로 지정되어 있었다. 장수하늘소 발생지라는 이유 때문이었다. 그러나 이제 장수하늘소는 절종되었다는 풍문이 나돌 정도로 채집의 가능성이 희박한 곤충이었다.

"그래도 우리 같은 중생들이 굳이 우리나라가 다른 나라보다 월등하다고 고집할 수 있는 게 하나도 없냐?"

"있습니다."

나는 전에도 한 번 장수하늘소를 잡아볼 수 없을까 해서 이박 삼일 동안 추전리를 서성거려본 적이 있었다. 허탕이었다. 뽕나무하늘소뿐이었다. 그러나 뽕나무하늘소조차도 천연 기념물인 줄 알고 아이들이 이구동성으로 잡지 말라고 말렸었다. 채집 도구들을 일체 집에다 두고 오기를 잘한 일이었다. 잘못하면 경찰서 신세를 면치 못할 것 같았다.

"무엇이 월등하냐?"

"형이상학과 형이하학 중 어느 것이 월등합니까?"

"형이상학이지."

"그렇다면 우리가 더 월등합니다."

"좀 구체적으로 말해봐라."

"우선 칼부터가 우리 것이 한결 월등합니다."

"칼이라고?"

칼 하면 단연 일본도가 아닌가. 그런데 우리 칼이 월등하다니, 금시초문이었다.

"아무려면 그럴까."

"이름 있는 칼들은 그렇습니다. 칼을 만드는 과정은 서로 비슷합니다. 좋은 쇠를 구해서 온갖 정성을 다해서 풀무질을 합니다. 갈 때도 마찬가집니다. 온갖 정성을 다 바쳐 몇 날 몇 밤을 갑니다. 그러나 그 칼을 시험하는 방법과 그 칼의 임자를 고르는 방법이 다릅니다. 일본은 대개 이름 있는 사무라이들의 주문에 의해 칼이 만들어집니다. 이미 임자가 정해져 있는 상태라고 할 수 있죠. 칼이 다 만들어지면 그 임자는 그 칼로 어떤 사물을 잘라봄으로써 그 칼의 우수성을 인정합니다. 그러나 우리는 다릅니다. 칼을 다 갈면 머리맡에 놓아두고 잡니다. 그리고 잠결에 그 칼의 울음소리를 들어야만 칼로서의 이름을 얻게 됩니다. 그리고 대개 그 칼은 바로 그 칼의 울음소리를 듣고 먼 곳에서 찾아온 장수들에게 주어집니다. 어느 칼이 더 형이상학적입니까?"

"우리 칼이다."

"그럼 어느 칼이 피를 더 흘렸습니까. 일본 칼입니다. 좋은 칼은 칼집에서 나오지 않습니다. 칼은 사람을 해하는 것보다는 사람을 구하는 것을 목적으로 하여 만들어진 것입니다. 여간해서는 피를 묻히지 않습니다."

그러나 나는 동생의 말을 듣고 흡족함을 느낄 정도는 아니었다. 너무 비현실적인 느낌이 들어서였다.

"옛날에는 그랬다지만 오늘날은 또 어떠냐?"

"오늘날도 마찬가집니다. 오늘날도 우리가 어느 칼을 더 좋아하는가를 생각해 보십시오."

할 말이 없었다. 동생은 언제나 마음의 저울에다 추를 내리고 있었다. 그러나 나는 이제 돈이야말로 이 세상의 전부이며 위대한 종교라고 믿고 있었다.

우리는 삼박 사일 동안을 추곡약수터에서 머물러 있었다. 이틀 동안 나는 낮이면 추전리로 나가 숲속을 헤매다가 밤이면 여인숙으로 돌아와 열심히 모기를 잡았다. 동생은 언제나 방안에 죽치고 앉아 피라미드 귀신하고만 놀았다. 그래도 나는 동생이 여기까지 따라와준 것만 해도 고맙기 짝이 없었다. 솔직히 말해서 나는 가슴이 완전히 허물어져 있는 상태였다. 실연의 위기에 놓여 있었던 것이다.

우희가 신동원에서 보석상을 한다는 공대 출신의 남자와 선을 보고 난 뒤로 나와 우희에게는 급속도로 간격이 벌어져 가고 있었다.

"아저씨는 너무너무 우유부단해요."

"네가 좋다면 부모님들을 일단 버릴 수도 있잖아."

"기가 막혀."

"기가 왜 막혀. 누가 영원히 버리랬냐 도망쳐서 몇 년 살다가 애 낳아가지고 오자는데."

"말도 안 되는 소린 하지도 말아요."

우리는 이런 식으로 티격태격하다가 급기야는 원수진 듯 격렬하게 다투곤 했었다. 그 문제에 대해서만은 좀처럼 의견의 일치를 볼 수가 없을 것 같았다. 나는 막말로 잘 먹고 잘 살아라는 식으로 우희와의 절연을 선언해 버리고 싶었으나 그렇게 되어지지가 않았다. 질긴 미련만 더해갈 뿐이었다. 그녀가 그렇게까지 큰 비중으로 나를 사로잡고 있다는 사실에 나는 놀라지 않을 수 없었다. 나는 그녀에게 완전히 중독되어져 있음을 비로소 깊이깊이 절감하고 있었다. 나는 축제가 끝나 버린 뒤의 새벽처럼 황량해져 있었다. 가난한 자가 모든 것을 다 팔아서 허영으로 단 한 번 마련한 축제, 사람들은 모두 다 돌아가버리고 이제 비로소 나 자신만이 남아 있는 듯한 느낌이었다. 막막했다. 밤마다 날이 밝는 것이 두려웠다. 나는 그러한 상태를 도저히 나 혼자만으로는 감당해 낼 자신이 없었다.

그동안 나는 너무 오래도록 혼자 버티어 왔다. 그러나 이젠 더 이상 버티어볼 기력이 없다. 외롭다는 것이 공포감으로까지 느껴져올 지경이었다.

마지막으로 나는 돈을 좀 마련해서 한 번만 더 발버둥을 쳐볼 심산이었다. 그러나 모든 것이 생각대로 잘 되어지지가 않았다. 장수하늘소는커녕 뽕나무하늘소조차도 눈에 띄지 않았던 것이다.

"내일은 돌아가기로 하자."

나는 동생에게 말했다. 장수하늘소에다 기대를 걸고 추곡약수터 부근에다 자리를 잡은 지 사흘째가 되던 날 밤이었다. 동생을 억지로 끌고 와서 헐값으로 시간을 날려버린 것이 왠지 미안하다는 생각도 들었다. 그러나 우희를 잊어버리기 위해서라도 나는 동원시를 떠나야겠다는 결심이었다. 동생은 자기와 함께 장암산으로 가자고 권유

했었지만 막상 그렇게 하려고 드니까 또 왠지 마음이 내키지 않았다. 나는 무슨 일에든 몰두를 해서 그 견딜 수 없는 허망감에서 벗어나고 싶었다. 곤충채집밖에는 없다는 생각이 들었다.

"니미랄, 또 비가 오는군. 어제부터 관절이 쑤시더라니, 내 이럴 줄 알았다니까."

누군가 여인숙 방문을 열고 투덜거리는 소리, 정말로 간간이 떨어지는 빗방울 소리가 들리고 있었다. 후덥지근하던 방안 공기가 조금은 식어들고 있는 듯한 느낌이었다.

비가 내리면 모기들이 비행하기가 곤란하겠지.

나는 방문을 열었다. 그리고 동생의 양해를 구한 다음 형광등을 켰다. 이런 산골 마을에까지 전기가 들어온다는 것은 경이로운 일이었다. 하지만 나는 요즘 극도로 신경이 예민해져 있었다. 더위 속에서도 형광등 불빛 속에서도 좀처럼 잠을 이룰 수가 없게 되어 있었다. 간간이 떨어지던 빗소리는 이제 좌아 하는 합창이 되어 쏟아지고 있었다. 잠시 모기에 시달리다가 어느새 나는 잠이 들어버렸다.

3. 아물지 않은 뼈들의 배치

무슨 기척인지는 모르지만 하여튼 나는 어떤 기척을 느끼고 잠을 깼었다. 캄캄했다. 비는 그쳐 있었다. 아무 소리도 들리지 않았다. 잠결에 무슨 소리인가를 들었던 것 같은데 전혀 아무 소리도 들리지 않았다. 다만 어둠만이 방안 가득 들어차 있었다. 암실이었다. 아직 사물들은 현상되지 않은 상태로 새까만 필름 속에 묻혀 있었다. 나는 아무 생각도 하지 않았다. 그저 멍하니 어둠 속만 응시하고 있었다.

혼돈, 공허, 흑암……

"태초에 하나님이 천지를 창조하시니라. 땅이 혼돈하고 공허하며 흑암이 깊음 위에 있고 하나님의 신은 수면에 운행하시니라. 하나님이 가라사대 빛이 있으라 하시매 빛이 있었고 그 빛이 하나님의 보시기에 좋았더라."

몇 시나 되었을까. 나는 손목시계를 들여다보았다. 숫자점과 바늘 끝이 야광으로 되어 있는 시계였다. 돌아가신 어머니가 대학에 합격했을 때 사주신 시계였다. 도시락을 판 돈으로 사주신 시계였다. 하나님이 가라사대 지금 시계만 빛이 있으라 하신 모양이었다. 내도록 혼자서

뜬 눈으로 밤을 새운 그 시계는 두 시 십 분에서 작디작은 시간의 티눈을 싹틔우고 있었다. 더 이상 잠이 올 것 같지 않았다. 책이라도 읽고 싶었다. 오는 길에 손이 허전해서 서점에 들러 시집을 한 권 샀었다. 『아물지 않은 뼈들의 배치』라는 제목을 가진 시집이었다. 처음 들어보는 시인의 시집이었다.

강으로 가는 물
강으로 가는 모래
정액 냄새 화사한 밤나무꽃 그늘에서
문득 이름을 잊어버린 애인 하나야
나는 허물어져 강으로 간다
미친 바람이 불고
등불이 죽고
헤어진 사람들은 헤어진 땅에서
문풍지를 바르던 겨울이여……

서점에서 시집을 집어들고 아무렇게나 뒤적거려본 페이지에서 발견되어진 시였다. 읽고 나서 나는 왠지 모르게 그 시가 극도로 처량해져 버린 내 신세를 달래기 위해

씌어진 것 같은 기분이 들었었다. 나는 그 시 때문에 『아물지 않은 뼈들의 배치』를 샀다.

나는 몇 개의 금간 뼈들을 더 읽어보기 위해 자리에서 일어나 형광등을 더듬어 켰다. 내가 가라사대 형광등이 있으라 하시매 형광등이 있었고 그 형광등이 내가 보기에 눈부셨더라. 동생은 머리맡에다 투명체 모형 피라미드 한 개를 놓아두고 영혼이 밝게 씻긴 표정으로 잠들어 있었다.

나는 시집을 집어들었다. 그때였다. 돌연히 부우우웅하는 진동음이 방안 어딘가에서 돌출해서는 허공을 이리저리 떠돌기 시작했다. 잠결에 들었던 그 소리였다. 그 소리 때문에 나는 잠을 깨게 되었었다. 무슨 곤충의 날갯짓 소리 같았다. 그러나 곤충의 날갯짓치고는 그 소리가 너무나 요란했다. 나는 소리나는 쪽으로 고개를 돌렸다. 그리고 유리창에 부딪쳤다가 떨어지는 물체 하나를 발견하고는 가슴이 철렁 내려앉음을 의식했다. 나는 황급히 방문을 닫았다.

장수하늘소다.

나는 생물도감에서밖에는 단 한 번도 장수하늘소를 본적이 없었지만 육감으로 대번에 그것을 알아차렸다. 정말이상한 일이었다. 나는 전신에 흥분이 넘쳐흐르는 것을 의식하면서 방바닥에 기어다니고 있는 장수하늘소를 향해 손을 뻗었다. 그러자 놈은 다시 날개를 펼치더니 요란한 소리로 날아올랐다. 갑자기 잠들어 있던 모든 사물들이 눈을 뜨고 벽 쪽으로 일제히 물러나는 것 같았다. 놈은 난폭하게 방안을 휘저어놓고 있었다 그 어떤 곤충이든지 놈의 날갯짓에 한 번만 부딪치면 픽픽 튕겨져 떨어지고야 말 것 같았다.

동생도 어느새 일어나 앉아 있었다. 무슨 일이냐는 듯 의아해하는 얼굴이었다. 나는 놈을 안전하게 생포해야만 한다는 생각으로 기회만 엿보고 있었는데 놈은 몇 번이나 투박한 소리로 벽이며 방문이며 형광등 갓에 투걱투걱 부딪치면서 날아다니고 있었다. 나는 놈이 부딪치는 소리를 낼 때마다 다리가 부러지거나 날개가 떨어져 나갈 것 같은 불안감으로 가슴이 조마조마해서 견딜 수가 없었다. 놈은 한참 동안이나 힘찬 비행을 계속했다. 그러다가 이윽고는 다시 방바닥으로 일단 불시착했다.

나는 두근거리는 가슴을 진정시키며 침착하게 집게손가락을 뻗어 놈을 생포하는 데 성공했다. 아주 어릴 때 처음으로 잠자리 한 마리를 잡은 적이 있는데 나는 그때 내 손으로 날아다니는 동물을 잡았다는 희열로 하루 종일 세

포들이 취해 있었다. 나는 그때의 감동을 다시 생생하게
피부로 느끼면서 놈을 유심히 관찰하기 시작했다.

"찌익, 찌이이익 찌익!"

놈은 머리를 들먹거리며 요란한 소리로 몸을 뒤채었는
데 기운조차 대단해서 하마터면 놓쳐버릴 뻔했다. 대단히
큰 놈이었다. 꼬리에서 앞턱까지의 길이가 12cm 정도는
족히 되고도 남을 만한 크기였다. 기품 있게 양 옆으로 휘
어져 있는 더듬이를 앞으로 곧게 뻗어놓으면 그것까지 합
쳐 18cm 정도, 전체적으로 갸름한 유선형의 몸매를 가지
고 있었다. 숫놈인 모양이었다. 앞쪽으로 손톱깎기에 부착
되어 있는 다목적용 나이프 같은 형상을 한 한 쌍의 턱이
날카롭게 발달해 있었다. 등쪽 가슴 부분에는 작고 노오란
털의 반점이 한 쌍, 그리고 그 밑으로는 견고한 각질의 날
개가 매끄러운 흑갈색으로 맵시 있게 덮여 있었다. 위풍당
당한 모습이었다. 과연 모든 곤충의 제왕다운 모습이었다.

"무슨 벌렙니까?"

"쉬이이, 장수하늘소다."

나는 의아해하는 동생을 향해 손가락 하나를 수직으로
입술에다 세워 보이며 그렇게 속삭여 주었다. 어쩌면 이
제 장수하늘소는 우리나라에서 절종되어 버렸는지도 모

른다. 그렇다면 이놈은 우리나라에 단 한 마리밖에 생존해 있지 않은 장수하늘소인지도 모른다. 나는 더욱 가슴이 두근거렸다.

"장수하늘손데 왜 뿔이 없습니까. 장수하늘소는 집게 같은 뿔이 머리에 기다랗게 붙어 있는 것으로 알았는데."

"아니다. 네가 말하는 건 사슴벌레야. 그리고 사슴벌레의 집게 같은 뿔은 사실 뿔이 아니고 턱이 발달한 거야. 신선이 그것도 모르냐. 이건 상당히 희귀한 곤충이야. 나는 단 한순간에 백만 원을 벌었다. 야마다, 현찰을 준비해 두어라."

나는 넋을 잃고 장수하늘소만 들여다보고 있었다. 지금까지 나는 수없이 많은 곤충을 보아왔었다. 그러나 일찍이 이렇게 위풍당당한 곤충을 본 적이 없었다. 장수하늘소는 현혹적인 날개를 가진 나비나 잠자리나 매미나 또는 다른 갑충류들과는 달리 그 맛이 투박하고 깊으면서도 신령스러운 느낌을 불러 일으키는 곤충이었다.

집으로 돌아왔다.

나는 장수하늘소를 당분간 산 채로 간직하고 싶었다. 그래서 특별히 유리점에 가서 유리 상자 하나를 맞추어 장수하늘소의 집을 만들어 주었다. 그리고 신갈나무의 수

액(樹液)을 받아다가 넣어주거나 또는 신갈나무 가지를 꺾어다가 넣어주기도 했다. 그러나 놈은 꼼짝도 하지 않고 엎드려 있었다. 죽었는가 싶어 건드려 보면 놈은 아주 약간만 움직여 보였다. 동생은 자꾸만 놈을 풀어주라고 말했지만 나는 차마 그렇게 할 수가 없었다. 나는 역시 속물이었고 돈에 대한 욕심도 버릴 수가 없었다. 이것이 우리나라에 단 한 마리밖에 없는 장수하늘소라면 좀더 많은 돈을 요구할 수도 있을 것이다.

내가 조사해 본 바에 의하면 장수하늘소는 딱정벌레목 하늘소과에 딸린 곤충으로서 중국 동북지방 북부, 동부 시베리아의 우수리 연해지방 및 우리나라에 국한하여 분포되어 있는 곤충이었다. 본속(本續)은 아시아에서 유일한 종(種)이며 이것 외에 중앙아메리카와 남미의 북부 및 안치르크스 섬에 역시 국한하여 분포된 근연종(近緣種)이 있고 따라서 아시아와 미주 두 대륙 사이의 고대 육속적(陸續的) 관계를 말해 주는 귀중한 자료가 될 수가 있었다.

나는 놈이 오래 살리라고 생각지는 않았다. 그러나 한 달 정도는 버틸 수 있으리라 짐작했다. 하지만 놈은 집에 데려다놓은 지 닷새 만에 완전히 죽어버리고 말았다. 아침에 일어나 버릇대로 놈을 건드려보니 놈은 딱딱하게 굳

110

어 있었다. 나는 놈을 표본실에 깊숙이 잘 보관해 두었다. 기분이 약간 언짢았다.

장수하늘소가 죽고 나서 며칠 후 우희가 결혼일자를 확고히 정했다는 소식을 들었다. 충격적인 소식이었다. 나는 며칠 동안 죽자살자 술만 퍼마셨다. 우희의 목이라도 졸라 버리고 싶은 심정이었다. 그러나 나는 도저히 우희를 만나볼 방법이 없었다. 나는 폭발해 버릴 것 같았다. 하는 수 없이 나는 동생과 함께 장암산으로 갈 것을 결심했다. 우희에 대한 것은 이제 일체 생각하고 싶지 않았다. 모든 것이 수포로 돌아가 있었다. 장수하늘소고 뭐고 말짱 도루묵이 되어 있었다.

모든 준비를 끝내고 장암산으로 떠나기 직전 나는 동생이 표본실에서 나오는 것을 보았다. 그러나 대수롭지 않게 생각해 버리고 말았다.

"심심해서 한번 구경해 보았습니다. 형님도 속죄하셔야겠습니다. 너무 많이 죽였어요."

동생은 버릇처럼 잔잔히 웃으면서 내게 말했다.

"아우님께서 신선이 되시면 속죄시켜 주십쇼."

나는 농담 반 진담 반으로 동생에게 말했다.

"해가 뜨기 전에 가야 합니다."

동생은 서두르고 있었다. 나는 다시금 우희의 얼굴을 떠올리며 비참한 기분에 젖어들었다.

해가 두어 발 정도 하늘에 남아 있을 무렵에야 우리는 장암산 바로 앞에까지 당도할 수 있었다. 동생은 이불보 퉁이며 쟁기들을 메고 있었는데도 전혀 힘들지 않은 걸음 걸이였다. 그러나 나는 벌써 더위 먹은 토마토 모종처럼 축 늘어져 있었다.

우리는 드넓은 습지 하나를 사이에 두고 장암산을 바라 보며 잠시 땀을 식혔다. 습지에는 갈대들이 무성하게 자 라 있었다. 그것은 끝도 없이 펼쳐져 있어서 마치 벌판 같 은 느낌을 주고 있었다.

장암산으로 가기 위해 인간이 만들어놓은 길이라고는 소로(小路) 한 길조차도 없는 실정이었다.

"암자 하나도 없는 산입니다. 옛날에는 산의 정기가 너 무 드세고 거칠어서 아무도 저기서 도를 닦을 엄두를 내 지 못했고, 지금은 정기가 너무 허약해서 아무도 거들떠 보지를 않는 산이지요."

동생의 설명이었다.

그래서 더욱 그 산은 먼 태고의 분위기를 느끼게 했다. 드 넓은 습지 하나를 사이에 두고 정면으로 그 산을 쳐다보니 도저히 기어오를 엄두조차 나지 않았다. 까마득한 높이였다. 완전히 다른 세계가 거기 놓여 있는 듯한 느낌이었다.

우리는 잠시 피곤을 풀고는 다시 일어서서 습지를 건너가기 시작했다. 갈대에 가리워져서 도무지 앞을 분간하기가 어려울 지경이었다. 눈을 들어 앞을 보면 뿌리가 보이지 않는 산과 하늘만이 보였다. 갈대숲은 좀처럼 끝나지 않았다. 자칫 잘못하면 실종되어져 버릴 것 같은 느낌이었다. 우리는 서걱서걱 갈대숲을 헤치며 산 쪽으로 가고 있었다. 바닥에 고인 물 때문에 철벅철벅 아랫도리가 젖어왔다.

이윽고 갈대숲이 듬성듬성 끝나가고 있었다. 눈앞이 트여왔다. 그러나 설상가상이었다. 눈앞에는 또 건너기에 수월찮은 늪 하나가 가로놓여 있었던 것이다. 도무지 그 깊이를 알 수가 없는 늪이었다. 그리고 그 늪은 어디서 시작되어 어디서 끝나는 것인지조차 종잡을 수 없을 정도로 광대무변하게 장암산 밑에 펼쳐져 있었다. 처음에는 강인 줄 알았는데 동생이 늪이라고 말해서 비로소 늪인 줄 알았다. 전혀 흐르지 않는 것으로 보아 늪은 늪인 것이 확실한 모양이었다. 나는 와락 겁을 집어먹지 않을 수 없었다. 뱀이나 악어 따위가 득실거릴 것 같은 느낌이 들었던 것이다. 뱀이나 악어는 아니라 하더라도 하여튼 좋지 않은 동물들이 반드시 살고 있을 것 같은 분위기였다.

늪 위로는 마름, 어리연꽃, 가래 따위의 수생식물들이 가득히 떠 있었고, 드문드문 그것들의 꽃들이 피어 있었다. 작고 예쁜 꽃들이었다. 비록 늪의 물은 탁해 보였으나 그 꽃들만은 깨끗하기 그지 없었다.

"손을 잡으십시오."

동생이 말했다. 나는 동생의 손을 잡았다. 지금 이 순간에는 또 내가 동생이고 그가 형 같은 기분이 들었다.

"마음을 모두 비워 놓으면 늪 밑바닥이 어떻다는 것을 절로 알 수가 있습니다. 보통 사람들은 이 늪에 들어서면 수렁에 빠져서 살아나갈 수가 없는지도 모릅니다."

동생의 말을 들으며 나는 꿈을 꾸고 있는 듯한 착각에 사로잡혔다. 이러한 풍경들이 한국에 실제로 존재한다고 는 한 번도 생각해 본 적이 없었던 것이다. 이상한 물비린 내가 풍기고 있었다. 어떤 때는 목까지 물이 차오르는 수도 있었고 또 어떤 때는 허리까지만 차오르는 때도 있었다. 동생은 침착하고도 신중한 동작으로 무사히 모든 늪을 통과했다.

"오늘은 여기서 야영을 합시다. 올라가면 날이 저물어

서 아무것도 할 수 없어요."

산 밑에다 자리를 잡고 동생은 불을 피우기 위해 마른 삭정이들을 주워 모으고 있었다.

동생은 장암산의 주봉인 상왕봉 중턱에다 토굴 하나를 파놓고 혈거 생활을 하고 있었다. 어둑한 새벽이면 동생은 날마다 토굴을 빠져나갔다. 그리고 거의 한낮이 다 되어서야 토굴로 돌아왔다. 정상에서 도를 닦다가 내려온다는 거였다. 투명체 모형 피라미드도 아예 거기에다 갖다 둔 모양이었다.

"이 산 뒤쪽에는 무엇이 있나?"

"산이 있습니다."

"그 산 뒤에는?"

"산 너머 산, 그 너머 또 산, 그리고 희미합니다."

가을이 오고 있었다. 그러나 대개의 나무들이 삭막하게 말라죽은 장암산은 결코 가을이 오고 있는 듯한 기분이 나지 않았다.

단지 날씨만 가을이 오고 있는 듯한 기분이 나고 있었다.

"요즘에야 겨우 짐승들이 조금씩 모여들고 있고, 수목들도 조금씩 소생하고 있습니다."

나는 무엇엔가 흘려 있는 듯한 느낌이었다. 도저히 내 상식으로는 이러한 산이 있다는 것도 믿을 수가 없었다. 산의 거의 절반은 암갈색으로 죽어 있고 또 거의 절반은 푸르죽죽한 빛으로 살아 있었다.

동생은 나를 위해 상왕봉 정상에서 내려오는 길에 여러 가지 먹을 것을 구해 왔었다. 그리고 그 먹을 것이란 대개가 버섯 종류들이었고 나머지는 풀뿌리나 나무의 즙 같은 것이었는데 처음에는 좀처럼 입에 맞지 않다가 시간이 지남에 따라 차츰 구토를 느끼지 않고도 그것들을 목구멍에 넘길 수가 있게 되었다.

"너는 이 산에 장수바위가 있었다는 전설을 믿냐?"

"믿습니다."

하지만 나는 도저히 내가 실지로 이곳에 와 있다는 실감이 나지 않았다. 모든 것이 마치 환각 같았다. 배가 고프다는 것이 이렇게 사람을 슬픈 동물로 만들 줄은 정말 예전엔 미처 몰랐었다. 나는 인간이지 동물은 아니다. 만약 배가 고프지만 않았다면 줄곧 그것들을 주식인 양 먹을 수는 없었을 것이다.

"반드시 농사를 지어서 만들어낸 음식만 음식이라고는 생각하지 마십시오. 자연 그대로에서 얻어진 것이 더 훌륭

116

한 음식입니다. 농사를 지어서 만든 음식에는 인간의 욕심이라는 불순물이 들어 있지만 자연 그대로에서 얻어진 음식물은 오직 신의 사랑 한 가지만이 들어있으니까요."

"신이라니?"

"모든 것을 창조하신 조물주 말입니다."

"신선도 조물주라는 것을 믿는군."

나는 의외라는 듯한 혼잣소리로 중얼거렸다.

"형님은 우선 이 산속에 계시는 동안 지금까지 알고 계시던 것을 모두 버리시는 연습을 하시는 게 좋을 겁니다. 사실 세상 사람들은 '아니다'를 '이다'로 생각하고 '이다'를 '아니다'로 생각하고 있는 경우가 태반입니다. 움직이는 것을 움직인다고 생각하기 이전에 움직이는 것은 멈추어 있고 멈추어 있는 것은 움직이고 있다는 식으로 생각을 한번 고쳐보세요."

동생은 내게 그렇게 말했었지만 글쎄 그건 미친놈의 생각이 아니고 무엇인가. 움직이는 것은 멈추어 있다니. 움직이는 것은 어디까지나 움직이는 것이다. 날아가는 새를 어떻게 가만히 앉아 있다고 믿을 수가 있을 것인가. 그러나 나는 한번 그렇게 하도록 노력해 보겠노라고 대답해 주었다. 자꾸만 얘기를 끌어나가 봐야 동생은 내가 모르는 사실들만 늘어놓게 될 것이고 그러지 않아도 우회 때문에 복잡해져 있는 내 머릿속이 더욱 복잡해질 것임이 분명할 테니까.

나는 지금도 동생이 왜 그런 황당한 생각들을 물고 늘어지는 것이며 되지도 못할 신선 따위나 되려고 하는 것인지 도무지 이해할 수가 없었다. 그러나 나는 그것을 말릴 생각도 없었으며 못마땅해할 생각도 가지고 있지 않았다. 왜냐하면, 동생은 아주 어릴 때부터 우리들과는 너무 먼 거리에서 혼자 살고 있는 것 같았었다. 아주 가까이에서 함께 먹고, 함께 학교를 다녔었지만 언제나 동생은 손이 닿지 않는 곳에 따로 떨어져 있는 것 같았었다. 정말이었다. 어머니도 나도 동생이 하는 일에 대해서는 언제나 속수무책이었다. 우리는 동생이 거의 우리 식구가 아닌 것처럼 느껴왔을 정도였었다. 그것은 동생이 한 괴상한 영감탱이의 예언에 의해 언젠가는 우리 곁을 떠나가고야 말리라는 이유에서 우리가 의식적으로 동생에게 정을 주지 않으려고 훈련을 거듭해 온 탓도 있었지만 동생에게는 또 어딘지 모르게 전혀 이 세상과는 발이 닿아 있지 않은 듯한 미묘한 분위기가 애초부터 서려 있었음을 부인할 수가 없었다. 동생은 우리가 전혀 모르는 사이에 이런 생활을 하기 위한 준비를 나름대로 은밀히 준비하고 있었음이 틀림없었다. 그리고 우리는 그것을 전혀 눈치채지 못했었다. 아니 눈치채었다 하더라도 우리는 말리지 않았을 거였다. 오히려 거들어주는 입장에 놓이게 되었을는지도 모를 노릇이었다.

하여튼 지금도 동생과 나는 완전히 정반대되는 사고방식과 정반대되는 생각들을 가지고 같은 토굴 속에서 기거하고 있는 입장이었다. 동생에게는 내가 중요하게 생각하는 것들, 이를테면 입는 것, 먹는 일, 자는 일, 그리고 돈이니 여자니 하는 따위들이 전혀 안중에도 없는 모양이었다. 그러나 나는 시시각각으로 가슴이 부글부글 끓어오름을 내 힘으로는 억제할 수가 없었다. 우희에 대한 생각이 하루에도 수십 번씩 떠오르고 그때마다 나는 극심한 열등의식과 함께 어딘지 모르게 뭔가 잘못되어져 있다는 사실에 대해 역시 끓어오르는 증오심을 억제할 수가 없었다.

우희와 결별하고 비로소 나는 생활이라는 것을 하나하나 세심하게 뜯어보기 시작했다. 산속에 멀리 떨어져서 혼자 바라보니 한마디로 더럽고 치사하기 짝이 없었다. 돈과 명예와 힘이 없는 나로서는 아무리 생각해도 싹수가 노오란 형편이었다. 죽을 때까지 발버둥을 쳐보아도 내가 행복해질 수 있는 조건이라고는 전혀 발견되어지지가 않았다. 지금까지 나는 채집한 곤충들을 야마다에게 팔아먹을 때마다 일종의 죄의식 같은 것을 혼자서 깊이 느껴왔었다. 그러나 이제는 좀더 악랄하지 않으면 출세를 할 수가 없는 것이다. 사람들은 여러 가지 형태의 교육이라는 것을 통해서 좀더 사람다워져야 한다고 배우기는 하지만 생활이라는 것을 통해서는 좀더 사람다워지기 이전에 좀더 영악스러워져야겠다는 것을 배우게 된다. 좀더 영악스럽지 않으면 출세를 할 수가 없고 출세를 하지 않으면 사람 대접을 제대로 받을 수가 없는 것이다. 하는 따위의 잡스러운 생각들로 나는 하루의 시간들을 때워나가고 있었다. 그리고 산속에서의 그러한 한순간 한순간은 마치 필름이 중요한 장면에서 끊어져버린 영화가 다시 스크린에 나타나기를 기다리는 시골 극장에서의 몇 분간만큼이나 지루하고 더디기 이를 데 없었다. 모든 시간이 아무런 의미도 없이 허공에 떠 있었다.

산을 좀 돌아다녀보고 싶었지만 도무지 엄두가 나지 않았다. 막상 산속에 들어와보니 이 산이라는 것이 다른 산과는 전혀 다른 형편이었다. 멀리서 보기에는 그저 광대하기만 하고 기복이 없이 밋밋해 보였는데 사실은 전혀 그것과는 정반대였다. 굴곡의 변화가 다양하기 그지없었다. 섣불리 돌아다니다가는 산중고혼이 되기 십상이었다. 나는 겨우 토굴 근처에 있는 옹달샘에나 다녀오는 것 정도로 무료함을 달래는 수밖에는 별도리가 없었다.

그러나 동생은 산 타는 일에만은 귀신이었다. 마치 평지에서 행동하는 것과 조금도 다름이 없을 지경이었다. 십 년을 넘게 산을 돌아다니더니 정말로 산짐승이 다 된 모양이었다. 손발의 움직임이 민첩하고도 노련해 보였다.

동생은 상왕봉 정상으로 올라가고 나는 토굴 속에 홀로 남아 시를 읽었다. 그것이 나의 유일한 낙이 되어 있었다. 아물지 않은 뼈들의 배치를 만난 후부터 나는 갑자기 시라는 것에 흥미를 느끼기 시작했었다. 시라는 것 속에는 뭔가 자세히는 보이지 않지만 내 가슴에 닿아오는 빛살 같은 것이 일렁이고 있었다. 나는 비로소 시인들이 얼마나 위대한 존재들인가를 어렴풋이나마 짐작할 수가 있었다.

그러나 내가 가진 재주란 도대체 무엇인가. 무재주 상팔자라는 말도 있지만 그것은 정신이 내 동생처럼 약간 이상해져 있는 사람들의 얘기고 아무래도 재주가 있는 것이 없는 것보다는 한결 낫다고 말해야 옳지 않겠는가.

지금까지 나는 너무도 부질없이 살아왔다. 사람 대접을

받을 만한 건덕지를 단 한 가지도 갖추어 놓지 못하고 살아왔다. 과연 내가 이 세상에서 해야 할 일은 무엇인가. 내가 앉아야 할 의자는 어디 있는가. 생각할수록 빌어먹을의 연속이었다.

나는 전혀 마음을 진정시킬 수가 없었다. 생각 같아서는 눈 딱 감고 칵 죽어 버리고 싶지만 억울하지, 내 언젠가는 출세를 해서 반드시 나를 이 지경으로 만들어놓은 우희의 야코를 한 번쯤은 딱 부러지도록 죽여놓아야 할 것이었다.

지금 산에서 이렇게 죽치고 있을 때가 아니라는 생각이 들었다. 뭔가를 찾아보아야 한다는 생각이 들었다. 그리고 솔직히 말해서 나는 산에 오면 우희를 어느 정도 잊을 수 있으리라고 생각했었다. 그러나 산속에서의 더할 나위 없는 적막과 함께 우희와의 즐거웠던 시간들이 더욱더 생생하게 떠오름을 도저히 억제할 수가 없을 지경이었다. 산에는 내가 의식적이라도 온통 정신을 쏟아 넣을 만한 대상이 눈에 뜨이지 않았다. 그래도 사람 사는 곳으로 내려가면 하다 못해 술잔이라도 기울이면서 마음을 다소나마 가라앉힐 수가 있을 것만 같았다.

"내려가야겠다."

어느 날 나는 동생에게 말했다.

"가고 오는 것이 모두가 하나입니다. 가시고 싶으시면 가시는 거지요."

동생은 담담한 표정으로 내게 말했다.

우희 같은 여자는 열 명과 헤어져도 눈썹 하나 까딱하지 않을 듯한 인상이었다. 나로서는 존경하지 않을 수가 없는 일이었다.

"모든 것이 다 자연스러운 일이라고 생각해 보세요. 한결 마음이 편해집니다."

"도를 닦는 일은 잘 되냐?"

"이제야 겨우 하늘에다 바늘끝만한 구멍을 뚫었습니다."

"그래, 신선이 되면 세상에다 무엇을 남기고 떠날 작정이냐?"

"때가 오면 아시게 되겠지요."

"나는 네 형이야, 신선이 되면 잘 부탁한다."

그러나 나는 동생이 결코 신선이 되지 못하리라는 것을 잘 알고 있었다. 동생은 그저 팔자가 산에서 살아야 하는 팔자인 것이다. 마치 무당이라는 것이 따로 있듯이.

"제 힘만으로는 신선이 되어도 어찌할 수가 없습니다. 형님께서 직접 수신을 해야 되지요."

동생은 소리는 내지 않고 그저 표정만으로 허허 하는 웃음을 웃고 있었다.

"길 안내를 해드리지요."

동생은 다시 앞장서서 나를 바래다 주기 시작했다. 당분간 정기가 죽어 있는 상태라는 장암산의 깊은 적막이 나를 갑자기 울고 싶은 심경에 사로잡히게 만들고 있었다. 다시 내려간들 또 무엇을 하며 살으리. 모든 물건들의 값어치는 점점 올라가고 사람들의 값어치는 점점 떨어져내리는 세상. 돈을 벌면 무엇을 하리. 이제는 우희도 없는데.

사실 나는 그동안 벌레잡이를 하면서 나를 곤충학자로 잘못 알고 있는 우희에게 얼마나 미안한 마음을 가지면서 살아왔던가. 그리고 그것을 고백할 수 있는 기회가 빨리 와주기를 얼마나 기다리며 살아왔던가.

그러나 우희는 저절로 다 알아버리게 되었는지도 모른다. 구체적으로는 모른다 하더라도 내가 도무지 별 볼일이 없는 존재라는 것을 이제는 환히 다 알아버렸던 것은 아닐는지.

그녀는 내가 박사가 되기를 기다리고 있었다. 그래서 나는 마음에도 없이 논문 따위를 끄적거리는 척, 자료를 수집하러 전국 각지를 떠돌아다니는 척했었다. 하지만 그것까지도 모두 허세에 불과하다는 것을 그녀는 진작부터 잘 알고 있었는지도 모른다. 여자란 원래 육감이라는 것이 잘 발달되어져 있는 동물이니까.

"아저씨는 왜 학사모를 쓰고 있는 졸업사진도 한 장 없어요?"

언젠가 우희는 불쑥 내게 그렇게 질문을 던짐으로써 몹시 나를 곤혹스럽게 만들었던 적이 있었다.

"너무 엉성한 대학을 나왔기 때문에 창피스러워서 어느 날 술 마시고 몽땅 태워버렸지. 그때는 다시 다른 대학에 편입할 생각이었어."

나는 교활하게도 태연히 그렇게 대답했지만 어쩌면 그때부터 우희는 나를 수상하게 보고 있었는지도 모른다.

"생각하지 말자, 이제는 끝이다."

나는 지금 당장이라도 술에 전신을 내맡기고 싶은 심정 하나뿐으로 동생을 뒤따라 산을 내려오고 있었다. 심하게 목이 말라왔다.

한 달 보름 남짓 비워 놓았던 집은 마치 폐가 같은 분위기였다.

나는 꽃도 좀 사다가 꽂아놓고 가구들의 배치도 새롭게 해서 잠들어 있던 내 방의 분위기를 다시 살려놓았다. 오랫동안 어느 무인도에서 홀로 표류 생활을 하다가 다시 돌아온 듯한 기분이었다. 막상 다시 돌아와 생각해 보니 모든 일이 허망하다는 생각만 여전히 되살아나고 있었다. 우희와의 지난날들을 생각하면 아련히 감미롭고, 그러면서도 안타까운 꿈속에서 깨어나 있는 듯한 기분이었다.

빗소리가 들리고 있었다.

소리 죽여 내리는 가을비였다. 가만가만 미농지를 구기는 소리처럼 땅바닥이 비에 젖는 소리가 들리고 있었다. 나는 책상 앞에 앉아 두 팔에다 얼굴을 묻고 조용히 귀를 기울인 채 그 빗소리를 듣고 있었다. 아주 조금씩 마른 모래가 젖어들듯 내 가슴도 그렇게 젖어들고 있었다. 현실이란 언제나 이렇게 막막한 것. 나는 살아간다는 사실이 정말 꿈결 같다는 생각도 들었다. 남아 있는 곤충들을 모아 팔아버리고 그냥 여행이나 떠나볼 결심을 했다.

강으로 가는 물
강으로 가는 모래
정액 냄새 화사한 밤나무꽃 그늘에서
문득 이름을 잊어버린 애인 하나야
나는 허물어져 강으로 간다

미친 바람이 불고

등불이 죽고

헤어진 사람들은 헤어진 땅에서

문풍지를 바르던 겨울이여……

　나는 문득 그 시가 머릿속에 떠올랐다. 왜 내가 일찍이 이 세상에 시인이라는 것이 있었다는 사실을 몰랐을까. 차라리 나도 애초부터 시인이나 되려고 발버둥쳐 볼 것을. 하지만 이제는 글러 버린 일, 평생토록 벌레잡이가 될 수는 없고, 그렇다. 여행이나 다니며 내 엿 같은 인생이나 한번 정리해 보자. 내게는 얼마간의 돈이 남아 있다. 거기다 장수하늘소를 팔아치우면 남한 땅 한 바퀴는 돌 수 있겠지.

　나는 표본실 안으로 들어가 보았다.

　표본실 안은 여전했다. 죽어서 건조되어 있는 수백 마리의 곤충들이 발산하는 은밀한 죽음의 냄새도 여전했고 그렇게 많은 곤충들을 죽이면서까지 살아야 했던 내 외로움의 냄새도 여전했다. 나는 장수하늘소를 넣어두었던 표본상자를 찾아내었다. 처음 그것을 찾았을 때와는 비교는 안 되었지만 그래도 가슴이 약간은 설레어왔다.

그러나⋯⋯.

표본상자 속을 들여다본 순간 나는 그만 가슴이 철렁 내려앉는 듯한 기분이었다. 없었다. 장수하늘소가 감쪽같이 없어져버리고 상자 안은 텅 빈 공허만 남아 있었다. 나는 상자를 잘못 집어들었는가 했었다. 그러나 틀림없이 그 상자였다. 오동나무 테에다 벚꽃 무늬를 조각해 놓은 바로 그 장수하늘소의 표본상자가 틀림없었다.

도대체 어떻게 된 노릇일까. 아무리 살펴보아도 외부인이 침입해 들어온 흔적이라곤 전혀 찾아볼 수가 없었다. 문들은 모두 꼭꼭 닫혀 있었다. 장수하늘소가 살아나서 도망치려고 해도 도망칠 구멍조차 없는 상태였다. 나는 혹시 동생의 소행이 아닐까 하는 생각을 가져 보았다. 그러나 곧 나는 고개를 가로저었다. 동생에게는 장수하늘소라는 벌레 따위가 도대체 소용이 없을 것이기 때문이었다. 혹시 다른 곳에다 잘 보관해 놓고 '업은 애기 삼 년 찾기' 식으로 어리둥절해 있는 것이나 아닐까도 생각해 보았다. 그러나 아니었다. 분명히 나는 그 상자에다 장수하늘소를 표본해 두었다. 표본상자 바닥에 곤충 바늘 자국이 찍혀 있는 것이 그 증거라고 할 수 있었다.

나는 갑자기 심한 허탈감에 빠져들었다. 표본실에 표본

어 있는 모든 곤충들이 전혀 쓸모없는 것들 같아 보이
시작했다. 나는 그만 전신에 맥이 빠져나가는 것을 의
하면서 천천히 표본실을 나와버렸다.

"오라는 연락도 보내지 않았는데 어쩐 일인가?"
우희의 결혼식 전날이었다.
정 선배는 나를 보자 별로 반가워하는 기색도 없이 그
렇게 말했다. 나는 직감적으로 일이 잘 안 되겠구나 하는
생각을 했다.
"형님이 보고 싶기도 하고 또 부탁드릴 것도 있고 해서
겸사겸사 해서 이렇게 들렀읍죠, 뭐."
나는 억지로 유쾌한 목소리를 만들어 그렇게 대답해 주
었다.
"예편네가 아침부터 나가서는 아직까지 돌아오지 않고
있네. 붓글씬가 뭔가를 배우러 다니는데 툭하면 점심을
굶기기 일쑤야. 교양 좋아하는 여자 조심하게. 교양이 늘
어갈수록 남편에 대한 존경심은 줄어든다구. 예편네가 한
일자 하나를 배우는 동안 나는 어느새 집 지키는 개로 변
했어." 투덜투덜.
정 선배는 노골적으로 기분 나빠 죽겠다는 표정을 짓고

있었다.

"곧 돌아오시겠지요."

"곧 돌아오시기는 젠장할. 단체로 무슨 전시회를 구경한다거나 작품평가회를 갖는다는 명목으로 수시로 나를 이 모양으로 구겨 놓는다니까."

계속 투덜투덜.

나는 우선 정 선배에게 일본에 관한 이야기부터 꺼내놓기로 마음먹었다. 그래야만 정 선배의 입에서 침을 튀기는 일본 예찬론이 시작되고 이윽고는 저하되었던 기분이 다시 고조될 것 같은 생각이 들어서였다.

"일본에서는 최근 감자에서 석유와 버금가는 대체 에너지를 뽑아내는 연구를 하고 있다는데요. 신문에서 봤어요."

나는 정 선배가 신문을 보지 못했다면 속으로 약간 자존심이 상할 거라는 것도 계산해 두고 있었다. 그러나 그 사실을 위장하기 위해서라도 더욱 열을 올릴 거라는 짐작도 하고 있었다. 정 선배는 평소 언제나 일본에 대해서만은 자기보다 많은 상식을 가지고 있는 사람이 이 대한민국에 존재해서는 안 된다고 생각하는 사람 같았다. 가보지도 않은 동경 거리를 마치 활동사진을 보듯 환히 보고 있는 것처럼 이야기하기 일쑤였다.

"그 횟집 옆에는 또 말이야. 맥주홀 하나가 있는데 언제나 여대생들이 노트를 옆에 끼고 들어와서는 한가롭게 맥주를 마시고 있는 거야. 맥주 한 잔을 가지고도 아주 천천히 오래도록 마시는 거지. 누가 미끼를 던져주기를 기다리고 있는 거야."

대부분이 꾸며낸 것임에 틀림없을 것 같은 유치한 내용의 이야기들을 얼마나 재미있느냐는 듯, 자기만 도취된 표정으로 의기양양하게 들려주고는 그것만 봐도 벌써 일본은 다르다구 따위로 언제나 마무리를 짓곤 했었다.

그러나 이번에는 별로 일본을 반기는 기색이 아니었다. 그것은 뜻밖이었다. 아무래도 붓글씨를 배우러 다니는 그의 부인 때문에 몹시 언짢은 기분이 되어 있는 모양이었다. 만약 그의 부인이 붓글씨 대신 샤미센을 배우러 다녔다면 어떠했을까 하고 생각해 보았다. 아마도 자랑스럽게 생각할 것 같았다.

나는 정 선배가 표정으로 보아 좀처럼 마음이 누그러들지 않을 것 같았으므로 그의 부인이 올 때까지 일단 본론을 끄집어내는 일을 보류하기로 마음먹었다.

그러나 그의 부인은 밤이 늦어서까지도 돌아오지 않았다.

"이 예편네가 붓을 들고 야경을 도나."

정 선배는 거푸 담배에 불을 붙이고 있었다.

나는 하는 수 없이 부딪쳐보기로 작정해 버리고 말았다. 나 역시 그렇게 마음이 느긋한 입장은 아니었던 것이다. 속으로는 안절부절을 못하고 있는 실정이었다. 우희와 헤어지고 나서부터 단 한 번도 마음이 안정되어 본 적이 없었다. 매사가 허공에 떠 있는 듯한 느낌이었다. 한자리에 도저히 오래 앉아 있을 수가 없는 상태였다.

"저어, 부탁드릴 말씀이 있는데요, 형님."

나는 아주 곤혹스러운 기분으로 조심스럽게 서두를 꺼냈다.

"말해 보게."

"돈을 좀 꾸어주십사 하는 부탁인데요. 한 십만 원 정도. 다음 달이면 갚을 수가 있습니다. 지금 제가 가지고 있는 곤충들만 해도 십만 원어치는 충분히 되고도 남으니까요."

만약 들어주지 않으면 비참해져서 죽어버리고 싶은 심정에 처해버릴 것만 같은 기분이었다.

"돈? 이 친구 정신 나간 소리하고 있네. 내가 무슨 돈이 있어?"

그러나 나는 그가 돈이 최소한 그만큼은 있다는 것을

잘 알고 있었다. 그는 최근 자기 동서가 시골에서 경영하는 목장에다 돈을 얼마간 투자해서 심심찮게 재미를 보고 있다는 소리를 지난달 그의 입을 통해서 직접 들은 바가 있었다.

"꼭 필요해서 그러는데 어떻게 좀 안 되겠습니까. 내일 아침이라도 좋으니까요."

"이 사람아, 자네 꿔줄 돈이 있으면 이런 날 술집에 가서 계집이나 하나 꿰차고 진탕 술이나 퍼마셔 버리겠네."

그냥 대수롭지 않게 들어넘길 수도 있는 말이었으나, 나는 극도로 신경이 쇠약해져 있었기 때문에 몹시 자존심이 상하는 듯한 기분이었다. 무엇보다도 해가 거듭되어질수록 돈독이 반들반들하게 오르는 듯한 그의 얼굴이 나는 평소에도 약간 역겨웠다. 나는 자고 가라는 그의 말을 귓전으로 흘려 버리고 밤이 좀 늦었으나 참담한 기분으로 그의 집을 나서고 말았다.

그길로 나는 술집에서 술을 퍼마시기 시작했는데 어떻게 된 셈인지 술에서 깨고 보니 파출소였다. 통금위반으로 즉결처분을 받은 모양이었다. 겨우 동원시로 돌아갈 차비만 남겨놓고 나는 호주머니를 탈탈 털어서 벌금을 물어야만 했다. 햇빛이 박살난 법원 정문을 나서며, 아직까지 내 생애에서 이토록 비참한 기분을 느껴본 적이 없을 거라는 생각을 했다.

정 선배에게 얼마간의 돈을 꾸어 내가 가지고 있던 돈과 합쳐서 어디로든 정처 없이 여행을 떠나 보려던 계획은 수포로 돌아가 버리고 말았다. 물론 내게도 큰 돈이 들어 있는 저금통장이 하나 있기는 있었다. 그러나 그것은 어머니의 목숨값으로 버스회사에서 받은 돈이었다. 나는 그 돈을 한 푼이라도 헐어볼 생각은 추호도 없었다. 다시 동원시로 돌아오면서 나는 오늘이 우희의 결혼식이라는 생각 때문에 몹시 가슴이 아파왔다. 완전히 낙오되어져 버린 듯한 느낌이었다. 영원히 이 상태에서 벗어날 수가 없을 것만 같았다.

가을이 끝나가고 있었다.

정 선배에게서 연락이 올 때가 되었는데도 무슨 일이 생겼는지 종무소식이었다. 야마다라는 일본 사람이 정 선배에게 연락을 하면 정 선배가 내게 전보를 치게 되어 있었다. 우리는 늘 그렇게 하여 비밀리에 거래가 이루어졌었다. 그러나 이제 나는 소식이 없다고 해서 별로 초조해하지는 않았다. 그만 이 일에서 손을 떼어야겠다고 생각하니 이래도 그만 저래도 그만이라는 생각뿐이었다.

그러던 어느 날 오후였다. 뜻밖의 방문객들이 내 집으로 밀어닥쳤다. 사십대 초반으로 보이는 가죽잠바 차림의 사내 하나와 삼십대 초반으로 보이는 역시 가죽잠바 차림의 사내였다.

"무슨 일로 오셨습니까?"

벌써 느낌이 영 좋지 않았다. 결코 기분 좋은 일은 못 되는 것 같았다.

"박형국이지, 당신?"

사십대 초반으로 보이는 사내가 불쑥 말했다.

"그런데요."

나는 켕기는 목소리로 대답했다. 그러자 대답과 동시에 그들은 내게로 달려들었다. 그리고 내 팔을 양쪽에서 비틀어 잡았다.

"경찰이야."

위협적인 한 마디가 쿵 하고 내 가슴을 때렸다. 곧 내 손목에 수갑이 채워졌다. 그들은 나를 방으로 밀어넣었다. 그리고 집안을 샅샅이 수색하기 시작했다. 틀림없군. 이만하면 충분해. 그들은 표본실에서 잠시 여유 있게 담배 한 대를 피우고는 다시 나를 데리고 밖으로 나왔다.

차갑고 맑은 햇빛이 마당에 가득 고여 있었다.

"저것들은 나중에 차로 실어 가야겠군."

나는 갑자기 밀어닥친 이 불의의 사태에 도무지 어떻게 대처해야 좋을지 몰라 그저 다리만 후들거리고 있었다. 평소에도 가끔은 이렇게 될 경우를 생각해 본 적이 있기는 있었다. 그러나 대책까지는 전혀 생각해 본 적이 없었다. 다만 끌려가게 되리라는 생각만 하고 있었다. 그리고 감옥살이를 하게 되리라는 생각만 하고 있었다.

"빨리 걸어."

상림동 언덕을 내려오면서 나는 자꾸만 뒤를 돌아다보았다. 어머니가 따라오고 있는 듯한 느낌이었다. 그러나 의아심에 가득 찬 동네 사람들의 눈초리만 나를 내려다보고 있을 뿐 어머니의 모습이 보일 턱이 없었다. 나는 왠지 눈물이 흘렀다. 수치스러워서 죽어버리고 싶은 심정이었다.

큰길로 나와 그들은 나를 택시에다 태웠다. 경찰서로 가는 모양이었다. 끝장이라는 생각이 앞섰다. 자꾸만 가슴이 뛰고 있었다.

나는 경찰서에서 약 한 시간 가량의 심문을 끝내고 완전히 탈진 상태가 되어 있었다. 심문을 받는 동안 내 집에 있던 곤충 표본상자며 채집 도구며 약품 들이 날라져 왔다. 증거물인 모양이었다.

"수고하셨습니다."

나를 데리러 왔던 사십대 초반의 사내가 삼십대 초반의 사내에게 한 말이었다.

나는 그리하여 증거물들과 함께 사십대 초반의 사내를 따라 서울행 버스에 오르게 되었다. 사내는 아까보다 한결 부드러워져 있었다. 이것저것 물어보기도 하고 담배를 주기도 했다. 나는 버스를 타고 서울로 송치되어 가면서 비로소 자초지종을 들을 수가 있었다.

사내의 설명에 의하면 내가 일본 사람으로 알고 있는 그 야마다라는 인물은 사실은 일본 사람이 아니라 한국 사람이라는 얘기였다.

"그 자식이 정기문의 처하고 간통을 했지."

그 한국 사람은 또 일본 사람 행세를 하면서 정 선배의 부인과 자주 그렇고 그런 짓을 하기에 이르렀는데 어느 날 이상한 낌새를 눈치챈 정 선배가 자기 부인을 미행해서 결국 덜미를 잡고야 말았다는 것이다. 동경해 마지않았던 그 일본에의 배신감, 그리고 아내에 대한 증오……눈이 뒤집힌 정 선배가 가만히 있었을 리가 만무했다.

정 선배는 자기 아내를 더 사랑했지 결코 일본을 더 사랑한 것은 아니었을 것이다. 일본은 그저 물질이 풍족하고 생활에 여유가 있는 나라로서 동경만 했을 뿐이었을 것이다.

"칼부림이 나게 되었지."

다행히 살인은 면했지만 현장에서 모두들은 붙잡히게 되었고 병원을 거쳐 경찰서 신세를 지기에까지 이르렀던 모양이었다. 그리고 모든 것은 오징어 낚시줄에 오징어 끌려 나오듯 줄줄이 끌려 나오게 된 모양이었다. 나도 줄줄이 끌려 나온 오징어 중의 한 마리인 셈이었다. 나는 천길 수렁 속으로 빠져들고 있는 듯한 암담함 속에서 다시 문득 죽어버리고 싶은 충동에 사로잡히고 있었다. 세상이 너무 조잡해져 있다는 것이 확실한 느낌으로 살갗에 닿아 왔다.

정 선배는 처음부터 끝까지 그 한국 사람을 일본 사람으로 믿고 있었던 모양으로 나중에 대면시켜 놓으니까,

"야마다, 이 더러운 일본놈!"

면상에다 세차게 침을 한 번 탁 뱉아버리고 말더라는 얘기였다.

"곤충 밀매도 곤충 밀매지만 밀수하고도 관계가 있으니까 절대로 오리발 내밀지 말고 순순히 자백하슈. 그러지

않으면 나중에 큰 손해를 볼 테니까."

사내는 타이르듯 내게 말했다. 아무래도 사건이 간단하지만은 않은 것 같았다. 나는 달리는 버스 속에서 누구에게랄 것도 없이 입 속으로 욕설을 중얼거리기 시작했다. 아아, 니미랄 니미랄 니미랄, 속이 메스꺼웠다.

토할 것 같은 기분이었다.

며칠 동안의 심문 끝에 모든 진상은 밝혀지게 되었다. 그 일본 사람 흉내를 내던 작자가 더 이상 버티지 못하고 자백을 시작했던 것이다. 모든 것은 그 일본 사람 행세를 하던 작자의 농간이었다.

작자는 경찰들이 냄새 맡았던 것처럼 이중으로 밀수를 했었던 모양이었다. 작자는 곤충표본을 일본에다 밀매하고 그 루트를 통해 시계나 카메라, 화장품 따위를 다시 밀수입해 왔었던 모양이었다.

작자는 우리에게 사들인 곤충들을 자기 집에서 다시 나누어 표본했다는 사실도 자백했다. 한 상자짜리를 세 상자로 나누어 표본해서 일본에다 밀매해 왔었다는 것이다. 애초부터 우리는 작자가 어쩐지 장식용 표본치고는 너무 빽빽하게 곤충들을 표본해 주기를 원한다고 생각했었다.

그러나 우리는 크게 개의치 않았었다. 수출품 뜨개질이

나 실밥뜯기 따위보다는 몇 배나 대우가 좋다는 것으로써 위안을 삼아왔던 터였다.

하지만 무엇보다 괘씸한 것은 작자가 일본산이라고 우리에게 팔아먹었던 그 표본상자는 바로 작자의 주문에 의해 우리나라에서 만들어진 것이라는 점이었다. 작자는 그것을 우리에게도 팔고 일본 사람에게도 팔았던 것이다.

한 물건을 가지고 두 번씩이나 장사를 했었던 것이다. 꿩 먹고 알 먹고 털 뽑아 이쑤시는 격이었다.

"하지만 곤충들에 대한 값은 내 그만하면 후히 준 거야. 난 상자만 가지고 장사를 한 것뿐이지."

작자는 모든 것이 밝혀지자 우리에게 그렇게 말했었다. 그 순간 나는 어이없게도 어딘지 모르게 육감적인 몸매를 가진 정 선배의 부인이 내게 허리를 숙여 차를 권했을 때 깊이 파인 드레스 앞섶으로 아슬아슬하게 드러나 보이던 그 희고 풍만하던 젖가슴이 떠올랐었다. 그리고 이어서 문득 우희의 알몸도 떠올랐다. 산다는 것은 역시 징그럽다는 생각이 들었다. 인생이라는 것을 조금은 알 것도 같은 기분이었다.

나는 미결감에서 한 주일을 썩다가 밀수를 동조했다는 것과 자신의 이익만을 위해 국가에서 보호하는 희귀 곤충들을 무차별 남획해서 다른 나라에 밀매했다는 죄목으로 징역 3년을 언도받았다.

4. 장암산

여름이다. 비가 내리고 있다. 어제는 비가 내리지 않았는데 오늘은 비가 내리고 있다. 어제와 오늘의 차이가 확실할 때에만 시간이라는 것이 정말로 가고 있기는 가고 있는 모양이라는 생각이 든다.

그 이외의 시간은 모두가 멎어 있는 듯한 느낌뿐이었다. 그러나 처음처럼 그렇게 갑갑하지는 않다. 오히려 나는 무한히 자유롭다.

대학 노트를 펼친 크기만한 창 밖으로 회색 하늘이 낮게 내려앉아 있는 것이 보인다. 아주 자세히 보면 빗줄기도 보인다. 창살이 없다면 다소 낭만을 느낄 수도 있을 것 같은데 그러나 창살은 얼음이 아닌 쇠로 만들어져 있어서 절대로 녹아 없어져 버리는 법이 없이 언제나 거기 그대로 견고하게 버팅겨져 있다.

볼 때마다 낭만은커녕 낙망이 먼저 앞서곤 한다.

육중한 자물쇠와 견고한 쇠창살과 요지부동의 콘크리트 벽으로 한정시켜 놓은 공간 속에 나는 다른 일곱 명의 죄수들과 함께 갇혀 있다. 바로 감방 안에 갇혀 있는 것이다. 그러나 마음만 먹는다면 순식간에 이 감방 안에서 떠나버릴 수 있는 비결을 이미 나는 오래전에 알아내었다. 이제 나는 앞으로 십 년 정도를 더 감옥에서 보낸다 하더라도 크게 절망하지는 않을 것이다.

비가 내리니까 감방 안의 후덥지근한 열기가 약간 식어내리는 듯한 느낌이었다. 그러나 퀴퀴한 곰팡이 냄새며 인분 냄새 따위는 여전히 감방 안에 배어 있다. 비 때문에 냄새들은 더욱 선명하게 살아나고 있는 듯한 느낌이다.

절도가 두 명, 폭행이 두 명, 사기와 특수강도와 강간이 각각 한 명씩 그리고 나를 합쳐서 도합 여덟 명. 그중에서 가장 인기가 있는 죄수가 바로 헐레벌떡이라는 별명을 가진 강간범이다. 그는 전국을 종횡무진으로 누비면서 한 달에 평균 열두 명 꼴로 여자들을 강간하다가 들어왔다는 서른두 살의 사내다.

그의 전적이 정말인지 거짓말인지는 모르지만 하여튼 그의 음담패설만은 알아주지 않을 수가 없다. 입만 벌렸다 하면 감방 안의 모든 죄수들이 군침들을 삼키며 삭신이 녹아든다는 듯한 표정들이다.

재탕이라도 얼마든지 들어줄 수가 있다는 것이다. 똑같은 여자를 똑같은 남자가 똑같은 장소에서 똑같은 수법으로 몇 번이나 재탕을 해서 달여먹는데도 그때마다 듣는 사람들이 여전히 다른 약으로 몸을 보신하고 있는 듯한 기분에 사로잡히도록 만드는 화술을 그는 가지고 있었던 것이다.

하기야 죄수들이 그런 이야기를 들으면서 상상으로라도 여자를 안아볼 수 있는 자유조차 누릴 수 없다면 사지가 멀쩡한 사내들로서 어떻게 그 막막한 시간들을 견디어 낼 수가 있단 말인가. 여기의 시간들은 숫제 그 성질부터가 외부의 시간과 판이하게 다르다. 사람들은 흔히 세월은 유수와 같이 흘러라는 말을 아무런 부담도 없이 사용하곤 하지만 어디까지나 그것은 외부의 시간을 표현할 때 쓰는 말이지 감방 안에서의 시간을 표현할 때 쓰는 말은 결코 아니다. 세월이 흐르다니 그것도 유수와 같이 흐르다니, 죄수들이 들으면 그야말로 개소리나 다름없다고 이구동성으로 핀잔들을 던지고 싶어할 것임이 분명하다. 적어도 여기에서의 시간은 흐르다가 아니라 간다로 표현해야 마땅할 것이기 때문이다. 그것도 그냥 가는 것이 아니라 지렁이나 굼벵이처럼 너무 느리게 긴다라고 표현하지 않으면 적절한 느낌이 들지 않을 것이다.

외부의 시간이 지구를 일곱 바퀴 반이나 돌았다면 감방 안의 시간은 아직도 두엄더미 하나를 넘어서지 못했을 정도니까 도저히 비교조차 할 수가 없다. 따라서 음담패설이라도 하지 않으면 계속 지렁이나 굼벵이가 기어가고 있는 것을 바라보고 있는 상태와 그 지루하기가 조금도 다를 바가 없는 셈이다.

그러나 나만은 전혀 아니다. 여자를 만나보고 싶으면 언제든지 오 분 이내로 이 감방 안을 빠져나가서 실컷 만나보고 올 수가 있다. 한꺼번에 열 명이라도 만나볼 수가 있다. 물론 모두들과 동침을 하고 돌아올 수도 있다. 그리고 내 취향에 맞는 대로 국적을 가리지 않고 만나볼 수도 있다.

그렇다고 해서 내가 무슨 커다란 특권이라도 가졌다는 얘기는 결코 아니다. 나 역시 다른 죄수들과 다를 바가 없다. 똑같이 행동의 제약을 받고 있음에는 분명하다.

그러나 적어도 나에게는 내 동생으로부터 전해 들은 이야기들이 아직도 가슴속에 생생하다. 나는 그 동생의 이야기들을 바탕 삼아 삼 년 동안 하루도 빼놓지 않고 한 가지 일에만 몰두해 왔었다. 그리고 드디어 몇 달 전에 이 감방 안을 자유롭게 빠져나갈 수 있는 비결 하나를 터득해 내었었다.

하지만 이 감방 안의 죄수들에게는 그 비결을 쉽사리 전수해 줄 수가 없을 것이다. 짐작컨대 내가 그것을 상세히 설명해 준다고 해도 그것을 알아들을 수 있을 만큼 상상력이 풍부한 사람도 없을 것이고 또 그것을 믿고 끝까지 실천할 만큼 순진한 사람도 없을 것이다.

내가 밀수에 동조했으며 우리나라 남한 일대에 서식하는 희귀 곤충들을 잡아서 그 표본을 실내장식용으로 외국에 밀매했다는 죄목으로 이 감방 안에 갇히게 된 것은 삼년 전 어느 가을날 오후였다. 그날 나는 감방 안에 들어서는 것과 동시에 그만 깊은 절망감 속으로 빠져들지 않을 수가 없었다. 영원히 출감할 수가 없을 것 같은 느낌이 들었던 것이다.

그때 감방 안에 열두 명의 죄수들이 앉아 있었다. 몹시 살벌한 분위기였다. 그들은 내 눈에 한결같이 무슨 악귀들처럼 보였었다. 그것은 정말로 감당하기가 힘든 공포감이었다. 그 공포감으로부터 헤어날 수 있다면 나는 무슨 일이든지 하고 싶었다.

그때 문득 떠오른 것이 바로 내 동생의 말이었다. 나는 터무니없다고만 생각해 왔던 그 동생의 이론에라도 한번 매달려보고 싶었던 게 솔직한 심경이었다.

"마음이 중요합니다. 우선 이 세상에서 지금까지 배워온 모든 것들을 전부 마음 안에서 추방하는 것이 중요합니다. 그리고 마음을 투명하게 비우는 것이 중요합니다. 그 다음에 투명하게 비어 있는 마음 안에다 좋은 것들을 다시 채워넣는 것이 중요합니다. 마음을 비우는 것도 마음으로 하고 마음을 채워넣는 것도 마음으로 합니다. 안 되면 몇 백 번이고 다시 연습합니다. 나중에는 마음먹기만 하면 아무리 견고한 벽도 무너뜨릴 수가 있게 됩니다."

그래서 나는 동생이 가르쳐준 대로 벽을 향해 가부좌를 틀고 앉아 단전호흡과 함께 마음을 비우는 작업에만 몰두했었다. 그러나 마음은 좀처럼 비워지지 않았다. 잡생각들만 자꾸 마음 안으로 모여들었다. 잡생각이 잡생각을 낳고 잡생각은 잡생각을 낳았으며 잡생각도 잡생각을 낳았다. 나는 그러나 어떻게 해서든 그것들을 마음 안에서 몰아내려고 노력했다. 밥을 먹으면서도 매를 맞으면서도 나는 그 일만을 계속해 왔다. 그러면서 지겹고도 지겨운 감방에서의 일 년을 보내었다. 차츰 마음이 정돈되어져

가는 듯한 느낌이 들었다. 몸도 가벼워져 있는 듯한 느낌이 들었다. 그러나 항시 감방이라는 것이 의식되어지곤 하는 것만은 어쩔 수가 없었다. 그래도 나는 그 일을 계속했다. 모든 날들의 거의 전부를 나는 몇 수십 번씩이나 똑같은 일만 반복해 나갔다. 정신을 마음에다 집중시켜 놓고는 아무것도 의식하지 않으려고 노력했다. 오직 마음만을 의식하려고만 노력했다.

다시 그러한 노력들 속에서 일 년이 지나가고 있었다. 어느 정도는 마음이라는 것의 정체가 잡혀가는 듯한 느낌이 들었다. 그리고 그것이 마치 우윳빛 유리 같은 느낌으로 어떤 윤곽을 희미하게 드러내고 있다는 듯한 인상도 받았다. 그러나 그것은 좀처럼 투명해지지 않았다. 그리고 그 속도 좀처럼 말끔하게 비워지지 않았다. 언제나 무슨 찌꺼기 같은 것들이 한두 가지 정도는 어른거리고 있는 것 같았다.

삼 년이 거의 다 되어갈 무렵에야 나는 비로소 마음이 차츰 거울처럼 투명해져 가고 있다는 것을 자각하게 되었다. 나는 더욱 그 일에 전념하려고 노력했다. 나는 이제 그 일에 완전히 정신을 빼앗기고 있는 상태가 되어 있었다. 간수들이 검방을 하러 들어와도 전혀 모를 지경에까지 이르러 있었다. 그러나 아무도 나를 이해해 주는 사람은 없었다.

물론 나도 굳이 그 일에 대해 설명을 하고 싶지는 않은 기분이었다. 나는 모든 인간들이 피고라고 생각했던 적이 있었다. 따라서 세상 전체가 감옥이라고 생각했던 적도 있었다. 그리고 그 생각은 다소 나를 덜 비참하게 만들어 주는 것 같은 기분에 젖게 해주었다. 세상 전체가 감옥이라니, 얼마나 기분 좋은 일인가. 나만 감옥에 갇혀 있는 것이 아니라 전인류가 감옥에 갇혀 있는 것이다. 생각해 보라. 얼마나 기분 좋은 일인가.

감옥에서 내가 줄곧 생각했던 것은 인간들의 갇힘이라는 것이었다. 모든 인간들은 각자가 어떤 틀 속에 갇혀 있었다. 감옥 밖에 있는 인간들도 보이지 않는 감옥 속에 갇혀 있었다. 그리고 그들 역시 그 감옥의 벽을 깨뜨릴 만한 힘이 없었다. 아니다. 숫제 갇혀 있다는 사실조차도 자각하지 못하는 인간들이 허다했다. 역시 인간도 우물 안의 개구리에 불과한 것 같았다. 그러나 나만은 절대로 갇혀 있는 것이 아니라는 생각이 들었다.

그것은 절대로 거짓말이 아니다. 나는 지금도 마음만 먹으면 그 투명하게 비워진 마음속으로 들어가서 내가 원하는 곳 어디든지를 갈 수가 있고 내가 만나고 싶은 사람 누구든지를 만날 수가 있다. 혹자는 말하는지도 모른다. 네가 바로 미친놈이 아니냐고. 그러나 나는 결코 변명하고 싶지는 않다. 감방 안의 모든 죄수들도 이미 나를 그렇게 단정지어 버린 지가 오래이며 며칠 전 나를 검진한 정신과 의사까지도 나를 그렇게 몰아세워 버리고 말았으니까. 하지만 그것은 내가 개발한 아름다운 환상놀이 중의 하나이다.

시간은 흘러가고 있었다. 우리들 3차원적 인간들에게는 모든 것이 시간에 의해서 태어나고 시간에 의해서 사멸해 갔다. 아무도 흘러가는 시간의 강줄기를 막아 댐을 설치할 수는 없을 것이다.

나는 출감했다. 삼 년 만이었다. 오랫동안 무덤 속에 갇혀 있다가 다시 살아나온 듯한 느낌이었다. 나는 잠시 망각 속에 휩싸여 있었다. 더듬이를 제거당한 곤충처럼 나는 어디로 가야 할지 잠시 망설이고 있었다. 모든 것이 처음 대하는 것들처럼 새로워 보였다. 나는 환영받고 싶었다. 그러나 내게는 아무도 없었다. 나는 문득 동생의 얼굴이 떠올랐다. 단 하나의 피붙이였다. 본능처럼 나는 동생을 보고 싶어하고 있었다. 돈 때문에 가장 소중한 것까지도 버리며 사는 세상, 야마다같이 더러운 놈과 정 선배같이 비굴한 인간, 그리고 물욕에 눈이 어두워 자기의 남편 아닌 남자와 불륜의 관계를 맺었던 여자, 그리고 우리 모두들 재미대가리 하나 없는 인간들이라는 생각이 들었다.

장암산을 떠올렸다. 장암산으로 가기 위해서는 하나의 위험한 늪을 건너야 한다는 사실을 떠올렸다. 여름이었다. 햇빛이 날카로운 순금의 화살이 되어 쉴새없이 땅바닥으로 쏟아져 내리고 있었다. 현기증이 났다. 나는 패잔의 병사처럼 기진맥진한 모습으로 거리를 향해 걸음을 옮기고 있었다. 우선 고물상에서 필요한 물건 하나를 구입할 작정이었다. 아무래도 동원시에서는 구하기가 힘들 것 같은 생각이 들었다.

버스를 타고 신동원에서 내려 잠시 서성거리다가 날이 저물기를 기다려 동원시로 들어갔다. 동원시는 여전히 변함 없었다. 황량했다. 발전한 것이라고는 아무것도 없는 듯한 느낌이었다. 나는 상림동 언덕배기를 기어올라 내집 대문 앞에 당도했다. 마당으로 들어서니 과연 집안꼴은 말씀이 아니었다. 마당에는 잡초가 무성했고, 모든 유리는 뽀얗게 먼지가 끼어 있었다. 무심코 방문을 열려고 하다가 보니 손잡이 부근이 모두 뜯겨나가고 없었다. 도둑이 들었었던 모양이었다. 하지만 나는 대수롭지 않은 느낌이었다. 도둑이 훔쳐갈 만한 물건이라곤 전혀 없었기 때문이었다. 저금통장은 도장과 함께 말라 죽은 국화 분의 딱딱한 흙덩어리 밑에다 감추어 두었었다. 그것은 부엌 선반 위에 놓여 있었다. 필요할 때 화분을 뒤집으면 화분 모양의 흙덩어리가 그대로 빠져 나왔다. 그 밑에 저금통장이 들어 있는 것이다. 아마 그것을 찾아내지는 못했을 거라고 나는 생각했다. 확인해 보니 역시 저금통장은 그대로였다. 방 안에 들어서니 완전히 난장판이 되어 있었다. 지독하게 궁색한 도둑이었던 모양으로 가까스로 쓸 만한 물건들은 모조리 사라져 버리고 없었다. 나는 잠시 집안을 둘러본 다음 다시 상림동 언덕길을 내려왔다. 호주머니에는 땡전 한 푼도 들어 있지 않았다.

여관에다 저금통장을 잡히고 여자를 불러 하룻밤을 보냈다. 그리고 이튿날 아침 대충 준비를 끝내고 장암산을 향해 길을 떠났다. 여전히 극성스러운 더위가 계속될 것만 같은 날씨였다.

녹답면에 도착하니 벌써 해가 저물어 있었다. 덕천군

덕천면까지는 버스가 있었지만 녹답면까지는 걸어서 산판길 하나를 넘어야만 했었다. 멀리서 바라보던 장암산이 눈앞에 바싹 다가와 있었다. 역시 그 어마어마한 규모와 웅장한 분위기는 조금도 변함이 없었다. 녹답면에서 장암산까지 가려면 넓고도 깊은 강 하나를 건너야만 했었다. 처음 그 강을 건널 때는 동생이 용케도 얕은 물길을 찾아내어 이리저리 그 물길을 따라 무사히 건널 수가 있었는데 막상 혼자서 건너가려고 작정하니 두려움부터 앞섰다. 그러나 별로 걱정할 것은 없었다. 나는 출감하는 길로 고물상에서 튜브 하나를 구입했었다. 찝차 바퀴 속에서 끄집어낸 듯한 검고 자그마한 튜브였다.

강을 다 건너면 언덕이 하나, 그리고 그 언덕을 내려서면 드넓은 습지였다. 여전히 갈대들이 무성하게 자라올라 있었다. 나는 그 옛날 동생과 함께 잠시 땀을 식히던 언덕 아래서 다시 한번 장암산을 쳐다보았다. 완전히 날이 저물어 있었다. 장암산은 거대한 어둠의 덩어리로 서서히 하늘을 향해 커오르고 있는 듯한 느낌이었다. 나는 미리 가지고 온 두 장의 담요를 풀고 그 언덕 아래서 야영할 준비를 시작했다. 밤이 되니 별들이 까만 판유리에 아무렇게나 흩뿌려 놓은 보석들처럼 하늘 가득히 흩어져 나와,

반짝반짝 아름답게 빛나고 있었다. 삼 년 만에 처음으로 나는 그렇게 많은 별들을 바라볼 수가 있었다. 행복하다는 생각이 들었다. 어젯밤 여관에서는 차라리 잠이 오지 않았었다. 그러나 지금은 아주 편안히 잠들 수가 있을 것 같았다. 잠들지 마라, 잠들지 마라, 잠들지 마라, 가까운 습지에서 개구리 떼들이 시끄럽게 울어대고는 있었지만 나는 속박에서 풀려난 이 육신을 담요로 소중하게 감싸고는 아주 향기로운 잠의 강물 속으로 떠내려가고 있었다.

이튿날 아침, 햇빛이 뜨거워서 잠을 깨었다. 해는 어느새 중천에 떠 있었다. 지난밤에는 다시 감방 생활로 되돌아가 그 지겨운 암회색 시간 속에 갇히는 꿈을 꾸었다. 폭행과 강간과 사기와 절도범 들이 야만의 눈을 빛내며 내 앞으로 다가오고 있었다. 탈옥미수였다. 감방 안의 모든 죄수들이 혹심한 심문을 당했다는 거였다. 죽인다. 그 야만의 눈들은 그렇게 말하고 있었다. 나는 자꾸만 뒷걸음질을 치다가 이윽고 등바닥에 벽이 닿는 것을 의식했다. 그것은 너무도 견고한 느낌이었다. 살려줘, 나는 절망적으로 소리치며 울고 있었다. 그러나 깨어보니 나는 풀려나 있었다. 나는 자유의 몸이었다. 너무도 엄청난 분량의 자유가 갑자기 내 앞에 던져져 있었다. 나는 장암산을 쳐다보며, 나는 자유다라고 소리치고 싶었다. 그러나 너무 시시한 것 같아서 그만두었다.

　천천히 갈대숲을 헤치고 걸어나가면서 동생에 대해 생각해 보았다. 과연 신선이 되어 있을까. 신선이 되어 있다면 어떤 모습을 하고 있을까. 동생은 수염도 없고 머리도 백발이 아니어서 신선과는 조금도 분위기가 맞지 않는다. 가발을 쓰면 어떨까. 가발을 쓰고 분장을 하면 어떨까. 그러나 신선이란 이 현실 속에는 존재하지 않는 가상의 인격체에 불과할 것이다. 동생은 다만 환상에서 깨어나지 못하고 있는 것일 뿐이다. 내가 감옥에서 환상놀이로 감옥 밖을 실감 있게 떠돌았듯이 그것은 완전한 현실은 아니니까.

　나는 또 튜브를 타고 늪을 건너가면서도 생각했었다. 동생을 다시 이 세상으로 데리고 나오리라, 함께 빈대떡 장사라도 해보리라. 그동안 나는 너무 동생에 대해서 어떻게 대해야 좋을는지 모르는 상태였었다. 그러나 이제야 분명히 말하지만 동생이여, 너는 빈대떡이라도 구워야 한다. 살인과, 도박과, 사기와, 간통과, 밀수와, 폭력과, 강간과 도둑질까지 해가면서도 사람들은 살아가려고 발버둥치고 있다. 살아간다는 것은 하나의 전쟁이다. 살아남아 있다는 것은 위대한 승리이다. 동생이여, 너도 이제는 그 따위 말도 안 되는 환상에서 깨어나지 않으면 안 된다. 어머니의 죽음과 아버지의 죽음을 생각하지 않으면 안 된다. 돈에의 그 사무친 원한을 풀지 않으면 안 된다……

한편으로는 그렇게 생각하면서도 또 한편으로는 내가 이제 완전히 동생에게로 마음이 기울어져 있음을 의식했다.

드디어 나는 산을 기어오르기 시작했다. 산은 전보다 푸른빛이 한결 더 많이 감도는 듯한 느낌이었다. 거의 다 죽어 있는 것 같은 나무들의 가지 끝에도 듬성듬성 이파리들이 피어나 있었고 땅에서는 땅에서대로 가끔 풀들이 듬성듬성 눈에 띄었다. 그러나 한 가지 이상한 것은 전혀 꽃이라고는 구경할 수가 없다는 점이었다. 아직도 이 산은 죽어 있는 상태라는 표현이 적절해 보였다. 그러나 산에게 무슨 놈의 심장이라는 것이 있으며, 산에게 무슨 놈의 맥박이라는 것이 있을 것인가. 이 산은 다만 토질이 좋지 않거나 기후가 유별난 곳일지도 모르는 일이다. 달력 같은 것에서 흔히 볼 수 있는 외국의 풍경들을 보라. 바로 앞에는 푸른 잔디와 푸른 나무와 예쁜 꽃 들이 자라고 있는데 얼마 떨어져 있지 않은 산에는 눈이 허옇게 덮여 있다. 그럴 수도 있는 것이다.

나는 산을 기어오르다가 갑자기 낯설다는 느낌에 사로잡혔다. 어디더라. 사방을 살펴보아도 삼 년 전에 보았던 기억이 있는 것이라고는 아무것도 없었다. 나는 눈을 감고 삼 년 전에 내가 한 달 보름 남짓 기거하고 있던 동생의 토굴을 곰곰이 머릿속에 떠올려 보았다. 양쪽으로는 계곡이 있었고 바로 앞에는 비교적 경사가 완만한 봉우리 하나가 솟아 있었다. 그 아랫부분은 키 작은 관목류들이 아주 엉성한 숲을 이루고 있었고 그 숲도 반은 죽어 있고 반은 살아 있는 듯한 상태였었다. 그리고 윗부분은 거의가 바위였었다.

특히 기억에 남는 것은 동생의 토굴로 가는 도중 눈측백나무들의 군락이 있었던 점이었다. 그것들은 멀리서 보면 마치 무슨 동물들의 오래 된 뼈들을 사열해 놓은 것처럼 보였었다. 그 이상 특별히 기억나는 것이 없었다.

나는 계속해서 동생의 토굴을 찾아 헤매기 시작했다. 그러나 도대체 종잡을 수가 없었다. 나는 작은 배낭과 바람 뺀 튜브를 그만 버릴까 하는 생각도 해보았다. 그러나 만약을 생각해서 그대로 가지고 있기로 작정했다. 산은 험준하고도 험준했다. 툭하면 절벽이요, 툭하면 가시덤불 투성이었다. 가파른 바위벽을 타고 식은땀을 흘리며 옆으로 조심스럽게 돌기도 하고 마른 나뭇가지를 잡고 비탈을 기어오르다가 가시덤불 속으로 처박히기도 했다. 옷이 찢어지고 살이 긁히고 무릎이 까져서 피가 흘렀다. 몇 번이나 아슬아슬한 고비를 겪어야 했었다. 그러다가 해가 다 져버렸을 무렵에야 나는 간신히 동생의 토굴 앞에까지 당도할 수가 있었다. 역시 무슨 동물들의 오래된 뼈들을 사열해 놓은 듯한 그 눈측백나무들의 군락이 표적이 되어주었었다. 기진맥진해서 잠시 주저앉아 쉬는 동안 계곡 하나를 사이에 두고 나는 그 눈측백나무들을 발견하게 되었던 것이다.

그러나 토굴 안은 텅 비어 있었다. 이부자리나 몇 가지의 연모들은 그대로 있는데 동생은 보이지 않았다. 나는 동생이 날마다 도를 닦기 위해 오르던 그 상왕봉 정상이라는 곳에까지 올라가 볼까 하는 생각도 해보았으나 날이 어두워지고 있었기 때문에 포기해 버렸다.

혹시 무슨 사정이 있어 다른 산으로 또 떠나버린 것은 아닐까 하는 생각도 들었다. 갑자기 동생이 못 견디게 보고 싶어지기 시작했다. 전에는 도저히 느껴보지 못했던 감정이었다.

나는 하는 수 없이 그 토굴 속에서 엎치락뒤치락 선잠

으로 하룻밤을 새웠다. 그리고 새벽이 왔다. 나는 서둘러 다시 산을 오르기 시작했다. 상왕봉 정상으로 오르는 길은 더할 나위도 없이 힘들었다. 수시로 바위를 타야 했고 수시로 절벽을 피해 좁은 땅을 디디고 조심조심 옆걸음질을 해야만 했다. 발을 헛디며 하마터면 천 길 낭떠러지로 굴러 떨어질 뻔한 적도 있었다.

그러한 몇 번의 죽을 고비 끝에 이윽고 나는 비교적 경사가 완만한 지대에 도착했다. 나는 잠시 거기서 휴식을 취했다. 안개들이 떼를 지어 어디론가 빠르게 이동해 가고 있었다. 안개 속에 가리워져 있던 산봉우리며 골짜기들이 언뜻언뜻 나타났다간 다시 지워져 버리곤 했다. 위를 쳐다보았다. 정상은 보이지 않았다. 거기에도 수많은 안개의 복병들이 겹으로 쌓여서 진을 치고 있었다. 그리고 그 안개의 복병들 또한 한 겹씩 떼를 지어 어디론가 이동하고 있는 듯한 동태였다. 나는 일어섰다.

아까보다는 훨씬 오르기가 수월한 비탈이었다. 겨우 몇 그루의 말라비틀어진 단신의 고사목들만 여기저기 흩어져 있을 뿐 비탈은 장애물이라고는 거의 없다고 해도 좋을 정도로 수월했다. 나는 여유를 가지고 걸어 올라가기 시작했다. 그러다가 갑자기 어떤 물체에 발부리가 걸려 느닷없이 앞으로 꼬꾸라지고 말았다.

나는 처음엔 그 물체가 나무토막인 줄로만 알았었다. 그러나 자세히 보니 그것은 나무토막이 아니었다. 그것은 커다란 쇠막대기였다. 끝이 뾰족하고 머리가 무엇엔가 몹시 두드려 맞은 듯 무지러져 있는 정(釘) 같은 모양의 커다란 쇠막대기였다. 길이가 일 미터 오십 센티 정도, 굵기는 어린애 팔뚝만 했다. 그것은 키 작은 고사목 밑둥치 한 쪽에 비스듬히 걸쳐져 있었다. 그것은 시뻘겋게 녹이 슬어 있었다. 나는 위만 보고 걷다가 그만 거기에 발부리가 걸려 버렸던 것이다.

어째서 이런 쇠막대기가 이 높은 산 위에까지 운반되어져 있는 것일까. 도대체 누가 어디에 사용하려고 했던 것일까. 나는 잠시 의아한 마음으로 그 쇠막대기를 내려다보며 그 자리에 우두커니 서 있었다. 동원시에서 오래 살아온 노인네들에게서 들었던 전설 하나가 섬광처럼 내 머리를 스치고 지나갔다.

장수바위!

그렇다면 이 쇠막대기가 옛날 일본놈이 그 장수바위의 정수리 한복판에다가 박아 넣었다는 바로 그 쇠침이라는 것일까. 만약 그 쇠침이라면 누가 뽑아서 여기다 이렇게 버렸다는 것일까. 동생이 아닐까. 혹시 동생이 그 쇠침을 뽑아낸 것은 아닐까.

나는 도저히 믿을 수가 없었다. 마치 꿈을 꾸고 있는 듯한 기분이었다. 나는 다시 마음을 재촉하여 정상을 향해 걸음을 옮겨놓기 시작했다. 안개는 더욱 빠르게 한 겹씩 벗겨져 나가고 있었다. 은은한 햇살이 안개 저쪽에서 점차로 선명하게 다가오고 있는 것이 보였다. 비로소 산의 정상이 그 면모를 안개 속에서 드러내고 있었다.

아!

그때 나는 보았다.

장암산 상왕봉 정상에서 온 천하를 내려다보고 앉아 있는 거대한 바위 하나를, 그리고 그 바위 위에 가부좌를 틀고 앉아 미동도 없이 도에 침잠해 있는 내 동생의 실루엣을.

나는 순간적으로 어릴 때 보았던 그 괴상한 영감탱이의 모습을 다시 한번 떠올렸다.

동생의 어깨 뒤에서 점차로 해 하나가 밝아지고 있었다. 그 해는 서서히 동생에게로 다가오고 있는 것 같은 느낌이었다. 모든 사물들이 조금씩 그 윤곽을 선명하게 드러내고 있었다. 그리고 윤곽을 드러낸 그 모든 사물들은 동생 쪽을 향해 일제히 팽팽한 긴장감으로 숨들을 죽이기 시작했다. 곧 무슨 일이 일어날 것만 같은 분위기였다. 이상하게도 엄숙하게 경건한 정적이 계속되어지고 있었다.

나는 바위 아래서 동생을 향해 소리치려 했었다. 이름을 부르거나 야!라고 소리치려 했었다.

번뜩!

그러나 미처 그렇게 하기도 전에 나는 날카로운 전류 같은 것이 빠르게 내 척추 속을 수직으로 통과하는 듯한 충격을 느꼈다. 갑자기 전신이 어떤 광선으로 가득 차버리는 듯한 느낌이었다. 귓속에서 무슨 소리인가가 끊임없이 들려오고 있었다. 종소리 같았다. 멀리서 점차로 가까이 종들을 난타하고 있었다. 고막이 파열해 버릴 듯한 느낌이었다. 비명을 지르고 싶었다. 그러나 나는 아무것도 자의대로 해낼 수가 없었다.

나는 마비당해 있었다. 정체를 알 수 없는 어떤 힘이 내 전신을 휩싸고 있었다. 잠시 후 종소리는 다시 멀어져 가고 있었다.

그때 분명히 나는 느꼈다. 내가 이미 완전히 다른 물질로 변해 있음을. 나는 분명히 사람의 형체를 하고는 있으나 이미 사람이 아니었다.

나는 내가 한 장의 투명한 셀로판지 같다는 생각을 했

었다. 그것은 일찍이 나 자신 속에서 전혀 느껴본 적이 없는 감각이었다.

나는 어떤 알 수 없는 힘의 지배에 의하여 그 바위 위로 빨려가듯 기어오르기 시작했다.

그리고 비로소 나는 서서히 제정신으로 돌아왔다. 이상한 체험이었다. 그러나 곧 다시 나는 또다른 경이감에 사로잡혔다.

나는 동생의 바로 등 뒤에 있었는데 동생은 언제나 그랬던 것처럼 무릎 앞에다 투명체 모형 피라미드 한 개를 세워놓고 있었다. 그리고 놀랍게도 그 투명체 모형 피라미드 속에는 내가 잃어버렸던 장수하늘소 한 마리가 들어 있었다.

잠깐 사이 안개가 모두 걷히면서 햇살이 좀더 강렬하게 퍼지고 있었다. 그리고 다시 나는 보았다. 햇빛보다 더 강렬한 빛줄기들이 그 투명체 모형 피라미드 중심부에서 돌연히 발생하더니 사방으로 피라미드 형상을 만들면서 공간 속으로 사라져 버리는 것을.

"쨍!"

순간적으로 피라미드가 날카로운 소리를 발하며 깨어져 버리더니 얇은 얼음처럼 스르르 녹아버리고 있었다.

아아, 나는 그것을 어떻게 표현해야 할까. 갑자기 그때 그 투명체 모형 피라미드가 사라져버린 것을 나는 무슨 과학적 근거로 설명할 수 있을까. 그렇다. 그것은 거짓말처럼 사라져버리고 없었다.

다만 장수하늘소 한 마리만 남아 있었다. 그리고 넋을 잃고 서 있는 내 앞에서 서서히 그 장수하늘소는 금빛으로 변하기 시작했다.

보라. 그것은 다리를 조금씩 움직이고 있지 않는가. 다시 살아나기 시작했던 것이다. 나는 나도 모르게 놀라움에 가득 찬 목소리로 세차게 동생의 어깨를 흔들면서 큰 소리로 동생의 이름을 불렀다.

"형기야!"

그때 동생은 마치 한 무더기의 잿더미가 무너지듯이 풀썩 맥없이 무너져버렸다. 동생은 미라처럼 죽어 있었다. 그리고 그 순간 장수하늘소는 요란한 날갯짓 소리로 떠오르더니 금빛 찬란한 모습으로 하늘 저편을 향해 날아가고 있었다.

사방이 눈부시게 밝아지고 있었다. 그러다가 이윽고 장수하늘소는 하나의 점이 되어 보이지 않게 되었다. 그리고 이제 바위 위에는 미라처럼 쓰러져 있는 동생의 시체와 나

하나밖에는 남아 있지 않았다. 나는 내가 목격한 그 모든 것을 아무에게도 증명할 수가 없었다. 나는 한참 동안 넋을 잃고 망연히 한자리에 서 있었다. 모든 것은 현실 그대로였다. 나는 동생의 시신을 땅에 묻지는 않았다. 동생은 이미 신선이 되어 선경이라는 곳으로 갔을 것이므로.

장암산을 내려오는 길에 크르릉크르릉 장암산이 기지개를 켜는 소리를 들었는데 아마도 그 소리만은 장암산 부근에 사는 모든 사람들이 분명히 듣고 있으리라는 생각을 했었다.

刺客列傳

동서고금에 간악무도했던 인간이 어디 한두 명이랴.

하동(河東) 진갈성(秦鞨省) 북문 부근에 도위(都尉) 직급의 마헌(馬憲)이라는 자가 살았는데, 어제까지만 해도 호리병을 들고 벗을 찾아가, 세상 풍진 한탄하며 어려운 일을 부탁하고, 함께 밤을 새워 서로 술잔을 권하더니, 오늘 갑자기 그 형편이 달라지자 정답던 그 벗을 모함하여 참수(斬首)토록 만드는구나.

아예 인간으로 취급치 아니하여 더 이상 부연치 않거니

와, 만약 앞으로도 그런 인간이 다시 나타난다면 반드시 큰 재앙을 면하기 어렵도다. 그 아비가 요행히 그 재앙을 피한다 하더라도 그 자식이 대신하여 그 재앙을 받게 되리라.

후세인은 부디 명심하여 신의를 바로 하고 함부로 남의 목숨을 해하지 말라. 한 세상 사는 것도 뜬구름 같은 일, 욕되게 살아 무엇을 하랴.

담(譚)의 아비가 그 어미와 함께 나졸들에게 끌려갔다는 말을 듣고 유(兪) 노인이 지은 시 한 수였다.

그늘에 묻혀 있는 죽마고우가 딱해서 도위 벼슬에라도 앉도록 만들어준 것이 누구인가. 제가 이제 와서 은혜를 원수로 갚는구나, 본디 선하고 덕이 있는 사람이어서 누구나 차별 없이 도와주었음이 흠이로구나. 도둑을 지키라고 쥐어준 칼로 돌아서서 주인의 목을 치다니, 노인은 눈물을 흘리면서 탄식했다.

담은 다행히 하인들의 도움으로 간신히 위급한 형국을 벗어나 유 노인의 움막까지 도망쳐 올 수 있었다.

유 노인은 수년간 화공(畵工)으로 일해 왔었다. 남들은 모두 대수롭지 않게 생각했지만 담의 아비만은 그 붓의 신묘함을 알고 있었다. 그래서 그가 역작을 하나씩 만들어낼 때마다 그것을 주저 없이 비싼 값으로 사들이곤 했었다.

신품(神品)이구나. 그대는 하동 제일의 화공이로다.

담의 아비는 언제나 그를 격찬했었다.

그러나 그 무엇이 그의 손을 시기했을까. 그만 그는 문둥병으로 붓을 꺾고 말았었다. 그리고 수년을 이리저리 떠돌다가 다시 노년에야 진갈성으로 돌아왔었다. 지금은 갈대 무성한 정심리(淨深里) 산비탈 아래 움막 하나를 지어놓고, 역시 문둥이가 된 그의 늙은 아내와 살고 있는데 슬하엔 자식도 하나 없고 부근엔 친척도 하나 없는 아주 외로운 처지였다.

문둥병으로 다 뭉그러져버린 조막손으로 그는 다시 화필을 잡아보려고 안간힘중이었다. 비록 조막손이기는 하지마는 그 조막손 사이에다 붓을 끼우고 필사의 노력을 기울여 난초 한 수라도 쳐놓으면 역시 그것은 범인의 그것과는 차이가 두드러졌다. 여전히 신품 같은 느낌이 드는 것이다.

"부친께서 참수를 당하셨다는 소식입네다. 이제 정말로 누가 신선의 경지에 달한 손놀림을 펴보인다 해도 하동에서는 알아볼 수 있는 사람이 하나도 없게 되었소이다.”

담의 아비가 참수를 당해 그 목이 북문 앞에 높이 걸리던 날, 담의 어미도 옥중에서 혀를 물고 자결했다.

유 노인은 사흘 낮 사흘 밤을 꼬박 식음을 전폐한 채 하염없이 울었다.

담은 왼쪽 새끼손가락 하나를 잘라 땅에 묻고 북문을 향해 크게 세 번 절한 뒤 기필코 이 원수를 갚으리라 맹세했다.

그러나 우선 성문을 빠져 나가는 것이 급선무였다. 유 노인은 가끔 저잣거리로 나가 소문들을 챙겨가지고 돌아오곤 했었는데, 곳곳에 그를 잡아들이라는 방이 나붙고 나졸들의 경계 또한 삼엄하기 그지없는 모양이었다. 그리고 하동 땅에는 바야흐로 새로운 세력이 태동해서 붓이 쓰러지기 시작하고 검이 일어서기 시작한 모양이었다. 진갈성 구석마다 칼과 창이 살벌하게 번뜩이고, 시들고 기를 펴는 양면 일족들의 변화 급전함이 예전에 비길 바 아니라는 소문이었다.

유 노인의 집도 언제 나졸들이 밀어닥칠지 알 수 없었다. 담은 초조해지기 시작했다. 붙잡히면 끝장이었다. 큰 뜻을 천하에 펴보이지 못하고 죽는 것은 그리 억울하지 않으나, 부모님의 원수를 지척에 두고 개죽음을 당하기는 억울했다. 우선 살고 봐야 할 일이었다. 그러나 마땅한 방도가 전혀 생각나지 않았다.

"지금 모든 나졸들이 공자를 찾는 일에 혈안이 되어 있는 것 같았소이다. 아무래도 내일쯤은 여기까지 밀어닥칠는지도 모릅지요. 무슨 방도를 생각해 봅시다."

저잣거리를 한 바퀴 돌고 온 어느 날 저녁 무렵, 유 노인은 불안한 낯빛으로 담에게 말했다. 그리고 말을 잃고 묵묵히 한 시간여를 앉아 있었다. 무엇인가를 골똘히 생각하는 모양이었다.

"임자, 찹쌀 좀 있나."

갑자기 유 노인이 고개를 번쩍 쳐들었다. 그리고 부엌을 향해 소리 질렀다.

"있지요. 지난번 방앗간에서 동냥해 온 건데 반 됫박이나 될까 말까."

밥을 하던 그의 늙은 아내가 대답했다.

"충분하구만. 따로 찹쌀밥 한 그릇만 지으시오."

"그러구랴."

그리고 저녁상을 물리자마자 유 노인은 찹쌀밥을 멧밥과 섞어 오래도록 공이로 찧어대기 시작했다.

"제대로 되는지……."

그는 그 밥 속에다 도화물감을 조금씩 뿌려넣으며 혼잣소리로 낮게 중얼거렸다. 가물거리는 등잔불이 그 광경을 유심히 지켜보고 있었다.

유 노인은 이따금 찧은 밥을 경단알처럼 손바닥에 굴려 보기도 하고 자기의 늙은 아내 얼굴에 갖다 대보기도 하면서 물감을 좀더 섞어 보는 등, 무엇인가를 조절하고 있는 눈치였다. 시간이 깊이 가라앉고 있었다.

"제대로 되는지……."

그는 다시 한번 혼잣소리로 낮게 중얼거리고는 자기의 늙은 아내에게 물을 떠오게 하고 그 물에다 일단 문둥병으로 문질러진 조막손을 씻었다.

"좋소이다. 어쩌면 제대로 될 것도 같소이다. 자, 이리로 얼굴을 갖다 대보시오. 좀 거북하더라도 참으셔야 합네다. 우선은 목숨을 부지하고 봐야지요."

그는 담에게 말했다. 그리고 물들인 밥을 조금씩 떼어 담의 얼굴에다 갖다 붙이기 시작했다. 깊이 가라앉았던 시간이 갑자기 부풀어 오르고 있는 것 같은 느낌이었다. 저봐 저봐, 잠들어 있던 실내의 모든 사물들이 너도나도 눈을 뜨고 속삭이기 시작했다.

유 노인은 온 신경을 그 일에다 집중해 놓고 있는 것 같았다. 차츰 그의 눈이 광채를 더해가기 시작했다. 이제 움막 속의 모든 사물들은 팽팽한 긴장감으로 숨을 죽이고 그 광경만 지켜보고 있을 따름이었다. 엄숙한 분위기였다.

그 작업은 유 노인 일생일대의 승부를 건 작업 같았다. 동작 하나하나가 신중하기 그지없었다. 더러는 몇 가지의 자잘한 도구들이 담의 얼굴을 옮겨다니기도 했고, 또 더러는 조금씩 물을 찍어 바르거나 하기도 했는데 그러는 동안 말을 입 밖에 꺼내놓는 사람은 아무도 없었다. 오랜 시간이 무겁게 죽어 나갔다.

"됐소이다. 다소 불편하시겠지만 얼굴 근육을 움직이거나 손을 대서는 절대 안 됩니다."

이윽고 유 노인은 손을 놓았다. 탈진한 듯한 모습이었다.

"영락없소. 이제 성문을 빠져나가는 것은 시간문제요. 할할할."

유 노인의 아내가 노파 특유의 허기진 웃음을 웃으며 쉰 목청으로 그렇게 말했다. 그리고 담의 앞에다 거울을 갖다 비쳐주었다.

아!

이럴 수가 있을까. 거울을 보는 순간, 담은 숨이 컥 막혀 들어가는 느낌이었다. 놀랍게도 거울 속에는 또 하나의 문둥이로 변해 버린 담의 얼굴이 흉칙한 모습으로 들어앉아 있었던 것이다.

누가 보아도 외면해 버리지 않을 수 없는, 아주 흉칙하고도 흉칙한 얼굴이었다. 하동 제일의 화공이었던 유 노인은 마침내 그 손의 신묘함을 이용하여 또다른 한 생명을 탄생케 하였던 것이다.

"이제 우리 할멈의 옷으로 갈아입으시오. 겉에다 누더기도 한 겹 뒤집어쓰는 것이 좋겠소이다. 손은 변장을 시키지 않았으니까 절대로 누더기 밖으로 내보여서는 안 됩니다."

담과 유 노인은 모든 준비를 끝내고, 치밀한 계획을 세운 뒤, 서둘러 움막 밖으로 기어 나왔다. 사방이 칠흑 같은 어둠으로 둘러싸여 있었다. 그러나 아직은 성문을 닫을 시간이 아니었다.

그들은 유 노인의 늙은 아내의 전송을 받으면서 북문을 향해 어둠 속을 걸어 나갔다.

보아라. 나는 반드시 네놈의 목숨을 내 손으로 절하고야 말리라.

담은 잠결에도 몇 번이나 어금니를 악물어왔다.

첩첩산중으로 도망쳐 와 토굴 하나를 파놓고 가슴 복판에 대못이 박히는 듯한 아픔을 참으며 살아온 지 일 년여. 이제 그에게는 오직 복수의 일념 하나뿐이었다. 이미 그는 높은 학문과 고결한 성품을 가진 선비의 모습은 아니었다. 초근목피로 주린 배를 달래며 날마다 비수를 던지는 일로 시간을 보내고 있는 봉두난발 그대로 검귀(劍鬼)와 같은 모습이었다.

그러나 그의 모습이 검귀와 같다고 해서 그의 칼솜씨까지 검귀와 같은 것은 아니었다. 그가 던지는 비수는 이제 겨우 몸을 가누어 표적에 날이 바로 날아가 박힐 정도였다. 그것도 아주 가까운 거리에 한해서였다. 조금만 거리를 멀리해도 표적을 빗나가 버리거나 거꾸로 날아가 튕겨졌다.

하지만 그 정도로도 장족의 발전이라 아니할 수 없었다. 처음엔 백 번을 던지면 백 번이 모두 비수가 제멋대로 놀아났다. 단 한번도 제대로 꽂혀준 적이 없었던 것이다.

평소 호신용으로 몸에 지니고 다니던 비수였다. 부러지거나 잃어버리면 큰일이었다. 무기라곤 그것밖에 없었으니까. 그래서 그는 비수를 던질 때면 언제든지 그 비수가 부러지는 것을 염려해서 표적이 되는 나무둥치 부근의 돌들을 모두 치우고 건초들을 한 겹씩 바닥에 다 깔아놓곤 하였다.

칼솜씨는 좀처럼 늘지 않았었다. 차라리 이럴 줄 알았더라면 그 많은 낮과 밤을 책을 위해 바치느니 강가에 나가 돌팔매질이라도 익혀둘 것을. 담은 비참함까지 느끼곤 했었다.

그러나 칼솜씨는 좀 둔하다 하더라도 체력만은 상당히 단련되어져 있었다. 나무 타기, 절벽 기어오르기, 바위 들기, 비탈 치달아오르기 따위를 밤낮 없이 쉬지 않고 행해 왔다.

산에 들어오자마자 그가 가장 곤란을 느꼈던 문제는 바로 먹이에 대한 문제였다. 그는 무턱대고 아무것이나 일단 먹어보고 나서 멋대로 먹이다 아니다를 결정했었다. 그러다가 한번은 버섯을 잘못 먹어 나흘 동안이나 사경을 헤맸던 적도 있었다.

궁하면 통한다고 했던가. 그는 차츰 토굴 생활에 익숙해져 갔다. 덫을 만드는 지혜를 갖게 되었고 먹을 수 있는 식물들의 외형적 공통성도 알게 되었다. 이를테면 섬유질 같이 결이 곱게 찢어지는 버섯은 먹을 수 있는 버섯이고 색깔이 화려하고 무늬가 요란한 버섯은 먹을 수 없는 버섯이다 따위가 그것이었다. 그리고 먹이에 대한 걱정을 덜게 되자 자연히 많은 시간이 절약되고 그만큼 복수를 위한 준비 작업에 더 많이 열중할 수 있게 되었다. 그러나 아직 이 정도로는 언제 원수를 갚게 될지 까마득하기만 했다.

산속에는 다시 여름이 당도해 있었다. 지금 밖에는 비가 내리고 산 전체가 빗소리에 젖어 있었다. 모든 것이 빗소리에 침잠해서 어디론가 떠내려가고 있는 듯한 느낌이었다. 거적문을 걷어올린 토굴 밖은 온통 물안개 투성이였다.

담은 토굴 안에 앉아서 칼 던지기에 열중해 있는 중이었다. 앞으로 한 번만 더 던지면 이백 번을 채우게 되는 셈이었다. 오늘은 전혀 실수가 없는 날이었다. 내일부터는 거리를 좀 멀리해서 연습을 시작해 볼 심산이었다. 그는 이제 겨우 칼의 성질을 어슴푸레하게 알 것 같았다. 무엇이다라고 딱 꼬집어서 말할 수는 없지만 어느 정도는 자신의 호흡이 칼에 닿아가는 듯한 느낌이었다.

그는 천천히 팔을 허공으로 쳐들었다. 그리고 순간적으로 호흡을 끊으면서 날렵하게 팔을 한 번 움직였다.

반짝!

물고기의 비늘처럼 칼은 흐린 날에도 날카롭게 빛났다. 그리고 바람을 가르며 나무토막에 날아가 꽂히더니 꼬리를 파르르 떨면서 낮게 울었다.

담이 경험에 의하여 알아낸 사실을 따르자면, 칼이란 힘으로 던지는 것이 아니었다. 그것은 순전히 육감에 의해서 조종되어지는 한 생명체였다. 믿지 않을는지도 모르지만 칼에게도 감정이 있었다. 감정과 감정이 서로 일치하지 않는 한 칼은 제대로 꽂혀주지 않았다. 칼이 가장 싫어하는 것은 그 주인이 자기를 믿어주지 않는 상태였다. 만약 그 상태에서 칼을 던지면 백이면 백이 모두 튕겨져 나오곤 했다. 따라서 그 주인은 될 수 있는 한 이번에도 칼이 보기 좋게 꽂혀주리라 믿는 것이 최선이었다.

그러나 무엇보다도 중요한 것은 정신통일이라는 것이었다. 칼을 쥐고 있으면서 칼 밖의 것을 생각하면 그것 또한 실패의 원인이었다.

담은 그 이백 번째의 칼을 꽂아 놓고 물끄러미 토굴 밖을 내다보기 시작했다. 뽀얀 물안개 속에서 문득 인간에 대한 그리움이 젖어오고 있었다. 그러나 그는 세차게 머리를 흔들어서 곧 생각을 떨쳐 버렸다. 무릇 살아 있는 인간이란 유 노인 내외를 제외하고는 모두 그에겐 적이라는 생각이 들었다. 산속에서 혼자 고통스럽게 사는 그가 배운 것은 오직 인간에 대한 증오심 한 가지뿐이었다.

만약 원수를 갚고 나서 무사히 탈출할 수만 있다면 다시 이 토굴 속으로 돌아오고 싶었다. 비록 이 토굴에서의 생활이 불편하기는 하지마는 인간들이 얼마나 무서운 음모와 암투와 배반을 거듭하며 살아왔던가를 생각하면 또다시 정나미가 떨어지지 않을 수가 없었다.

세월은 저대로 덧없이 흘러가서 다시금 겨울이 닥쳐왔다.

밤이면 나뭇가지들이 산속에서 죽은 모든 영혼들을 데리고 와서 끊임없이 바람결에 울고 있었다. 더러는 토굴의 거적을 올리고 밖을 내다보았다. 밖에는 가끔 창백한 달빛, 맞은편 산머리는 하얗게 눈이 쌓였고 어디선가 늑대가 슬피 우는 소리도 들려왔다.

가으내 모아놓았던 양식을 아껴 먹으며 낮이면 덫을 놓아둔 곳을 돌아다녔다. 자주 토끼가 잡혀주었다. 껍질을 벗겨서는 옷을 만들어 입고 고기는 구워서 양식으로 삼았다. 계곡으로 내려가 주워온 차돌에다 칼등을 치면 반짝반짝 불똥이 튀었다. 거기에다 수리취 부빈 것을 갖다 대고 불을 만들어내기는 그리 어렵지 않았다.

이제 그의 생활은 어느 정도 질서가 잡혀진 셈이었다. 칼솜씨도 많이 좋아져 있었다.

아직 움직이는 물체를 적중시킬 수는 없지마는 거리나 표적의 대소에는 별로 구애받지 않을 정도의 실력이었다.

그는 차츰 칼을 던지는 자세를 여러 가지로 변형시켜 가고 있었다. 뛰면서 던지기, 구르면서 던지기, 회전하며 던지기, 누워서 던지기, 그리고 강약의 조절, 빠른 동작 따위도 함께 연습해 나가고 있었다. 표적만 보면 칼이 저절로 손 안에서 알맞게 잡혀져 왔다. 이를테면 손과 칼이 쉽게 감정의 일치를 느끼게 되는 것이다.

그가 마침내 칼을 거의 자유자재로 놀릴 수 있게 되었을 때는 그 겨울이 지나가고 잔설이 녹고 다시금 봄이 되고 꽃들이 피고 그 꽃들이 진 다음 녹음이 짙어갈 무렵이었다.

그러나 아직은 원수를 갚겠다고 선뜻 하산할 만한 처지는 못 되는 것 같았다. 그는 자기 나름대로 여러 가지의 공격 방법을 연구하고 방어에 대한 것들에 대해서도 그 노력을 게을리하지 않았다. 적이 앞에 있을 경우, 적이 옆에 있을 경우, 적이 뒤에 있을 경우, 그리고 자신이 적에게 완전히 포위당했을 경우 따위에 대비해서 칡넝쿨에 나무토막을 매달아놓고 여러 가지로 공격과 방어의 형태들을 꾸미어 밤낮없이 비지땀도 흘렸었다.

그러나 완전히 숙달되어 있는 상태는 아니었다. 스스로의 판단으로도 많은 부족함을 느낄 수가 있었다. 피눈물나는 수련 속에서 많은 낮과 밤이 지나가고 다시 겨울이 오고 꽃이 피고, 그 꽃이 진 다음 녹음이 우거졌다.

이제 그는 그 모습도 그 행동도 완벽한 산짐승의 분위기를 풍겨주고 있었다. 이상하게도 눈에서는 야생의 푸른 광채가 빛나기 시작했다.

담은 산비탈에 가만히 서 있었다.

가을이었다. 주변에는 키 작은 싸릿대들이 듬성듬성 산재해 있었는데 이미 그 싸릿대들은 잎이 모두 져버리고 잔가지만 앙상하게 남아 있었다. 그러나 다른 나무들은 아직도 많은 잎들이 남아 있었고 이따금 바람이 불면 그것들은 바람 부는 쪽으로, 바람 부는 쪽으로 새떼들을 가득히 날리곤 했다.

담은 그러한 산비탈에 가만히 서 있었는데 그 모습은 마치 하나의 깎아놓은 장승을 방불케 했다. 그는 아무것도 생각하고 있지 않은 것 같았으며, 아무것도 보고 있지 않은 것 같아서 마치 허공을 떠 있는 듯한 분위기를 주고 있었다. 그러나 그의 몸 전체에서는 육감의 질긴 올실들이 무수히 풀려나와 사방으로 전류처럼 퍼져나가고 있는 듯한 느낌이었다.

한참 동안 그 모습은 바뀌어지지 않고 있었다. 그러다가 일순 그의 눈만 번뜩하고 창끝같이 날카롭게 빛을 발했다. 그리고 그와 동시에 그의 손도 날카롭게 한 번 뿌려지는 것 같았다. 찰나적인 동작이었다.

그는 이제 천천히 싸릿가지를 헤치면서 앞으로 한참 동안 걸음을 옮겨 놓았다. 그리고 걸음을 멈춘 곳에서 허리를 굽혀 잿빛 물체 하나를 집어들었다. 산토끼였다. 정수리에 깊고도 정확하게 칼 한 자루가 박혀 있었다.

이제 그의 모든 신경들은 동물적으로 잘 발달되어져 있는 것 같았다. 그는 조금 전 산비탈에 서서 얼마 떨어지지 않은 곳으로부터 어떤 작은 동물이 움직이고 있음을 육감으로 감지하고 있었다. 그리고 그 동물이 점점 가까이 오고 있다는 것을 알아내고는 그 동물이 사정거리 안에까지 오기를 기다리고 있었다. 이제 산토끼 한 마리를 잡는 것쯤은 식은 죽 먹기나 다름없었다. 그의 칼 솜씨는 무서울 정도로 빠르고 정확했던 것이다.

보아라. 나는 네놈의 목숨을 반드시 내 손으로 절하고야 말리라.

담은 산토끼를 들고 토굴로 돌아가면서 눈이 내리기 전에 하루속히 하산을 서둘러야겠다는 생각을 했다. 그의 눈은 증오로 이글이글 타오르고 있었다. 어느새 산에 들어온 지 삼 년이나 지나 있었다.

진갈성 북문 부근의 어느 객주에 며칠 전부터 낭인 차림의 젊은이 하나가 묵고 있었다. 차림새로 보아서는 무인 출신 같았으나 가끔 책을 뒤적거리는 것으로 보아서는 문인 출신 같기도 했다. 유난히 눈이 날카롭게 빛나는 젊은이였다. 그리고 그 눈은 어딘지 모르게 야생의 분위기를 풍겨주고 있었다. 바로 담이었다.

어떻게 잠입했을까.

깨끗한 의복을 입고 있었고 머리 매무새도 단정해 보였다. 그의 얼굴은 예전과는 많이 변해 있었다. 해맑은 귀공자의 모습에서 거친 산사람의 모습으로 달라진 그를 쉽게 알아보는 사람은 별로 없었다. 그렇더라도 그는 모든 행동거지를 조심했다.

하동은 이제 완전히 무인들이 그 세를 잡고 있었다. 특히 진갈성은 그 도가 매우 지나쳐서 칼만이 오직 법처럼 생각되어질 정도로 변해 있었다.

간사하여라. 사람의 마음이라는 것이여. 어이없게도 모두들은 이제 거의가 무인들 쪽으로 기울어지고 있는 상태였다. 문인을 세상에서 가장 지고한 인간으로 믿어왔던 시절은 간 곳조차 없었다.

자연히 곳곳에서 칼과 칼이 맞부딪치고 팔과 목 들이 땅바닥에 나뒹굴었다.

담은 북문 부근의 그 객주에서 원수를 갚을 기회만 엿보고 있었다. 놈의 집은 이제 대궐을 방불케 할 정도로 웅장하게 변해 있었다. 그리고 안팎으로 경계가 삼엄했다. 담은 두 번이나 잠입에 착수했다가 물러서고 말았었다. 아무래도 좀더 치밀한 계획이 필요할 것 같아서였다. 생각보다는 한결 활동이 어려워 보였다. 무작정 그 대궐 같은 집안으로 들어가서 이리저리 헤맬 수는 없는 노릇이었다.

날씨는 겨울로 접어들고 있었다. 날마다 바람이 냉랭하고 하늘이 회색으로 을씨년스러웠다. 곧 눈이 내릴 것 같은 분위기였다.

아직도 돈은 넉넉히 남아 있었다. 산짐승의 모피를 팔

아 얻은 돈이었다. 이 돈이 모두 떨어져버리기 전에 일을 성사해야만 할 것 같았다.

유 노인 부부는 작년에 한 달 간격으로 나란히 세상을 하직했다는 소문이었다. 평생에 그 은혜를 갚지 못함이 못내 애석하기 짝이 없었다. 담은 객주에서 원수 갚을 날을 기다리며 그저 책이나 읽는 것으로 낙을 삼았다.

그러던 어느 날, 한 패의 칼을 찬 무사들이 왁자지껄 객주 안으로 몰려들었다. 그들은 방 하나를 차지하고 앉아 술을 청해 마시는 모양이었는데 그 서슬들이 여간 시퍼런 게 아니어서 어지간한 사람이라면 얼씬도 못할 정도였다.

그런데 공교롭게도 담이 그들과 한판 승부를 겨뤄야 할 일이 생기고야 말았다. 뒷간을 다녀오는 길에 재수 없게도 문을 열어놓고 술을 청하던 그들 중의 하나와 그만 눈길이 딱 마주쳐 버렸던 것이다.

"어디 사는 놈이냐."

눈길이 마주친 사내는 못마땅하다는 듯한 어투로 담에게 그렇게 물어 보았다. 그러나 담은 들은 체 만 체 자기 방으로 묵묵히 들어가버리고 말았다. 자질구레한 일에 끼어들어 대사를 그르치고 싶지가 않았던 것이다.

"저놈이?"

곧 시비를 걸던 사내가 내달려와 방금 담이 들어간 방문을 벌컥 열어 젖혔는데 당장 목이라도 비틀어놓겠다는 기세였다.

담은 태연히 앉아서 책을 읽고 있었다. 사내의 성깔을 돋구어 주기에는 충분하고도 남음이 있는 태도였다.

"이놈, 너 문인의 종자로구나. 어디 한번 죽어봐라."

사내는 신발을 신은 채로 성큼 방안으로 들어섰다. 그리고 있는 힘을 다해 담의 턱을 향해 발길질을 날렸다.

그러나 담의 몸놀림은 유연하고도 재빨랐다. 전신을 활처럼 뒤로 휘어 가볍게 한 바퀴를 구르더니, 다시 저만치서 단정한 자세로 책상다리를 하고 앉아 아무 일도 없었다는 듯 책을 들여다보고 있었다. 사내는 화가 머리끝까지 치밀어오르는지 이제 닥치는 대로 공격을 가해 오기 시작했다.

그러나 사내는 결코 담의 적수가 아니었다. 사내가 한 마리 우둔한 곰이라면 담은 한 마리 작고 날렵한 원숭이였다. 사내가 공격을 가할 때마다 담은 탄력 있고 재빠른 동작으로 그것을 피해 버렸다. 그러면서 기회 있는 대로 들고 있는 책을 펴들고는 천연덕스럽게 그것을 들여다보곤 했다.

사내는 더 이상 참을 수가 없다는 듯 방구석에 놓여 있는 긴 촛대를 집어 사정없이 휘두르기 시작했다. 놋쇠로 만든 촛대였다. 머리통을 맞으면 수박 깨지듯 깨질 수도 있을 것 같았다.

그러나 사내의 공격을 이리저리 피해다니던 담이 일순 사내를 향해 재빨리 들고 있던 책을 집어던졌다. 그리고 찰나적으로 사내가 책을 피하려고 고개를 젖히는 순간 작은 물고기가 빠르게 물 속을 스쳐가듯 단검 하나가 배때기를 뒤집으며 허공을 스쳐가 번뜩 사내의 손목에 박히는 것이 보였다. 뎅겅 촛대가 떨어지는 소리, 어느새 담의 손에는 여러 자루의 단검이 쥐어져 있었다.

안 나가면 네 목에다 던지겠다…….

담의 눈이 그렇게 말하고 있었다. 사내는 일단 밖으로 달아났다.

그리고 동료들이 술을 마시고 있는 방으로 들어가서 손목에 박힌 단검을 뽑아내었다.

"보통 놈이 아니다."

사내는 자기의 장검을 왼손으로 비껴들고 다시 담의 방문 앞으로 돌아왔다. 역시 장검을 빼어 든 사내의 동료들이 하나 둘 사내 뒤로 묻어 왔다.

그러나 담은 별로 걱정할 게 없다는 듯 태연히 책만 들여다보고 있었다. 방문은 하나밖에 없었다. 그러니까 그들이 담을 공격하자면 그 하나밖에 없는 방문 안으로 들어서야 하겠는데 그러자면 숫자가 아무리 많아도 아무 소용이 없는 노릇이었다. 한꺼번에 문 속으로 들어와서 덤빌 수는 없었던 것이다. 문이 있는 한 언제나 일대일로 싸워야 한다는 얘기였다.

"나오너라."

사내들 중의 하나가 신경질적으로 말했다.

미쳤다고 나가랴, 담은 그냥 그대로 앉아 있었다. 답답했는지 성질 급하게 생긴 사내 하나가 성큼 툇마루로 올라섰다. 그러나 방안까지 들어올 수는 없게 되었다. 두 개의 단검이 동시에 바람을 가르고 그 사내의 발끝 앞에 날아와 꽂혔던 것이다. 사내는 어떻게 해야 할지 몰라 잠시 망설이고 있는 중인 것 같았다. 담은 그 해답을 가르쳐 주기나 하려는 듯 다시 단검 하나로 허공을 갈랐다. 그것은 낮게 비명을 지르며 날아가서 둥글게 뭉쳐 올린 사내의 머리카락 속으로 가볍게 박혀들었다. 섬뜩한 느낌을 받지 않을 수 없었다.

"물러나거라."

사내들의 등 뒤에서 냉엄하면서도 침착한 목소리가 들려왔다. 그리고 길을 터주는 사내들 틈을 비집고 청의(靑衣)를 걸친 사내 하나가 나타났다. 어딘지 모르게 위엄이 서려 있는 풍모였다. 막돼먹은 칼잡이와는 그 느낌이 완연히 달랐다.

  "나오너라."

  청의의 사내가 담을 향해 명령하듯 말했다. 그러나 담은 들은 체도 하지 않았다.

  "오냐. 싫다면 할 수 없다. 강제로라도 나오도록 하는 수밖에."

  말이 떨어지는 것과 동시에 두 개의 작은 표도(鏢刀)가 비늘을 희번득거리며 날카롭게 담을 향해 날아들었다. 무서운 빠르기였다.

  담은 우선 다급하게 그것들을 피할 수가 있었다. 그러나 표도는 숨쉴 틈도 주지 않고 계속되었다. 방바닥에도 벽에도 표도들은 날아와 꽂혔는데 그것들은 모두 아슬아슬하게 담의 몸을 비껴서 지나쳐 갔다. 그리고 그것을 허겁지겁 피하다 보니 담은 자신도 모르게 문밖으로 쫓겨나 있는 것을 발견하게 되었다. 미처 손 한번 쓸 틈도 없었다.

  졌다, 라고 담은 생각했다. 왠지 이 사내의 표도가 자신의 단검보다는 한 단계 높은 경지라는 느낌이 들었던 것이다.

"어떠냐. 이번에는 칼이다."

청의의 사내는 허리에 차고 있던 장검을 뽑아들었다. 그 사이 담이 재빨리 단검 하나를 던졌는데 사내는 간단히 몸을 옆으로 비껴서는 그 단검을 칼자루로 쳐버렸다.

쉑!

날카롭게 바람을 가르며 사내의 칼이 날아들었다. 담은 전신에 오싹 소름을 느끼면서 몸을 옆으로 튕겨 내었다. 그러나 공격은 계속해서 이어졌다.

담은 마당으로 내려와서 정신 없이 이리저리 몸을 피하기 시작했다. 담의 몸은 마치 뼈까지도 고무질로 만들어져 있는 것 같았다. 부드럽고 유연했으며 탄력 있고 가변성이 있었다. 그러나 사내 또한 그에 못지않았다. 쇳소리를 내며 사내의 장검이 사방에서 담을 향해 난무하고 있었다. 담은 마치 새의 부리를 피해 쫓겨다니는 메뚜기같이 이리저리 정신없이 튕겨져 나갔다.

순간적으로 틈만 있으면 번개같이 단검을 뿌리곤 했었지만 단검은 모두 빗나가거나 저지당했다. 그러다가 두 사람은 어느 한 순간 서로 약속이나 한 듯이 잠시 동작을 멈추고 천천히 좌측으로 회전하면서 상대편의 빈틈을 엿보기 시작했다.

보았다.

찰나적으로 담이 먼저 사내의 허리가 비어 있음을 보았다. 그리고 그와 동시에 단검 하나를 번개처럼 그리로 집어던졌다.

그러나 어떻게 된 셈일까. 보다 빨리 사내는 피하면서 담의 앞으로 바싹 다가들었다. 담이 다음 동작을 취하려 했을 때는 이미 시간이 늦어 있었다. 사내의 장검이 먼저 담의 허리 밑에 닿아 있었던 것이다.

담이 흠칫 놀라는 순간 사내의 왼편 팔꿈치가 담의 명치 급소를 깊이 찌르는 것이 느껴졌다. 숨이 컥 막혀들었다. 그리고 이어 머리에도 심한 충격이 떨어져 내렸다. 담은 그대로 맥없이 풀썩 무너앉았다. 그 모습은 마치 옷 속에 있는 담의 육신이 풀썩 꺼져버리는 느낌이었다.

"보아하니 스승도 없이 혼자 익힌 모양인데 그 몸놀림이 놀랍구나. 목숨만은 살려두기로 하자."

청의의 사내는 가볍게 장검을 한 번 뒤척여 담의 가슴을 헤치고 거기에 선명한 열십자 하나를 그려 놓았다. 가벼운 손놀림이었는데도 칼은 상당히 깊이까지 파고든 것 같았다. 흉터가 생길 거였다.

담이 한참 후에 정신을 차려보니 방 안이었다. 문을 열고 내다보니 마당은 그대로 텅텅 비어 있었고 사내들이 남겨두고 간 야유만이 마당 가득 낭자하게 고여 있는 것 같았다.

"아유 어쩌자구 그런 사람들허구 칼놀림을 하려 드셨수."

주모가 근심스런 얼굴로 담을 일으켜 냉수 사발을 받쳐 주었다.

나중에 알아보니 그 청의의 사내는 공교롭게도 원수 마헌의 심복이었다. 놈의 집에서 무사들을 부리는, 바로 칼꾼들의 우두머리격인 사내였던 것이다.

더욱 비참한 노릇이 아닐 수 없었다. 담은 그길로 실의에 빠져 다시 입산을 서두르지 않을 수 없었다.

담은 날마다 패배의 쓴맛 때문에 도저히 잠을 이룰 수가 없었다. 산은 천 년의 침묵 속으로 가라앉아 있는데 바람만이 골짝과 골짝을 넘나들며 담의 가슴속을 칼질하고 있었다.

담의 패배는 확실하고도 당연한 것이었으므로 변명 따위를 갖다붙여 볼 여지조차 없었다. 그러나 무엇보다도 담을 더욱 비참하게 만들었던 것은 그 청의의 사내가 원수 마헌의 휘하에 있다는 사실과 다른 사람이 아닌 그 원수 마헌의 휘하에 있는 사내에게 자신이 패했다는 사실이었다.

담은 그때 원수를 갚지 못하고 한 번 죽었던 것이나 다름없었다. 부끄럽기가 이를 데 없었다.

담은 겨우내 새로운 비술을 찾기 위해 온갖 지혜를 다 동원해 보았었다. 그러나 마땅한 비술은 좀처럼 생각나지 않았었다. 다만 그 사내들의 검법들을 다시 한번 상기해서 자신의 허점들을 보완하는 것이 고작이었다.

산속의 겨울은 그 어디의 겨울보다도 지루했다. 사람들이 사는 마을에서는 이미 살구꽃이 무더기로 피어 눈부실 때인데도 어이없어라, 산속에서는 자주 희끗희끗 눈발이 흩날렸다.

담은 그 눈발 속에서 밤낮없이 청의의 사내를 상상했다. 청의의 사내가 휘둘러대는 무서운 장검의 날카로운 섬광들을 상상했다. 그리고 그 섬광들을 이리저리 피하면서 단검을 날리는 연습에 몰두했다. 담은 좀더 자신의 단검들이 날카로워지게 하기 위해서 팔에다 무거운 나무토막을 매달아 놓고 하루에도 몇백 번씩이나 던지는 연습을 했다.

그러나 그것으로는 충분치 못하다는 것을 담은 알고 있었다. 반드시 비술을 하나 체득하지 않으면 안 된다는 것도 이제 와서야 뼛속 깊이 절감하고 있었다. 하지만 그 비술을 어디서 찾아야 할 것인지를 담은 아직도 모르고 있는 상태였다.

어느새 산비탈에는 잔설이 녹고 있었다. 계곡의 물소리도 약간 높아져 있었다.

어느 날 계곡에 내려가 세수를 하다가 담은 팔의 오금에 달걀 크기만한 타원형의 반점 한 개가 생겨나 있는 것을 보았다. 벌레에라도 물렸으려니 했다. 긁어보니 아무런 감각도 없었다. 벌레에 물린 데라면 어떤 감각이 선명하게 느껴져야 했을 텐데 이상한 일이었다. 그러나 그는 대수롭지 않은 것으로 생각해 버렸다.

며칠 후 다시 보니 몸에는 반점들이 좀 늘어나 있었다. 역시 아무런 감각이 없었다. 마치 그 반점들만 남의 살 같은 기분이었다. 그러나 역시 대수롭지 않은 것으로 생각해 버렸다. 산속에서 사는 동안 그보다 더한 일들도 여러 번 겪어왔던 터였다.

이즈음은 점점 실력이 눈부시게 향상되어져 가고 있는

중이었다. 그럴수록 자주 북문 앞 높이 걸려 있는 아버지의 목과 옥중에서 혀를 물고 자결한 어머니의 모습이 떠올랐다. 그는 잘리워져 나간 왼쪽 새끼손가락의 몽탁한 끝부분을 어루만지며 자주 어금니를 악물곤 했다.

그러던 어느 날이었다. 담은 수련을 끝내고 얼굴의 땀을 닦아내다가 흠칫 불길한 생각에 사로잡혔다. 손바닥에 눈썹과 머리카락이 눈에 띄게 많이 묻어 있는 것을 보았던 것이다.

그는 황급히 몸 구석구석을 살펴보았다. 놀라울 정도로 반점들이 많이 늘어나 있었다. 긁어보니 역시 감각이 없었다. 문득 가슴이 철렁 내려앉는 듯한 느낌이었다.

문둥병이다!

담은 그만 그 자리에 털썩 주저앉지 않을 수가 없었다.

병은 급격히 악화되기 시작했다. 진물이 흐르면서 걷잡을 수 없이 살점들도 떨어져나가고 있었다. 아무것에도 의욕을 가질 수 없었다. 손의 상처 때문에 칼도 제대로 쥐어지지 않았다. 시험 삼아 던져보니 좀처럼 바로 꽂히는 법이 없었다. 모든 것이 갑자기 엉망으로 변해갔다. 절망이었다. 아무 일도 할 수가 없었다. 담은 며칠 동안 식음을 전폐하고 토굴 속에 실성한 듯 누워 있었다. 끝장이라는 생각만 들었다.

이제 산비탈마다 밝은 햇빛이 퍼져들었고 그 햇빛 속 여기저기에 투명한 연분홍 진달래꽃이 능선까지 화사하게 거슬러 피어, 하늘 가는 밝은 길을 열고 있었다.

유 노인 내외가 모두 죽자 정심리 사람들은 그들의 시체를 양지바른 산비탈에다 잘 묻어주고는 그들이 살던 움막을 불살라버렸었다.

그런데 그로부터 수년 후, 불살라버렸던 그 움막 자리에 또 다른 움막 하나가 생겨났다. 어디서 떠돌다가 나타난 문둥이인지 다른 문둥이 하나가 거기에 살고 있었다.

그는 유 노인 내외가 했던 것처럼 낮이면 저잣거리로 나가 동냥을 하고 밤이면 두문불출 죽은 듯 조용했다. 얼굴이 형편없이 일그러져서 그 나이를 측정하기는 어려우나 사람들은 그를 죽은 유 노인의 아들일는지도 모른다고 생각했었다. 그래서 정심리 사람들의 입을 통해서 갑자기 소문 하나가 퍼지기 시작했는데 내용인즉슨 바로 이러한 것이었다.

유는 본시 하동 천금 땅 사람이었다. 젊어서부터 글 잘하고 화필이 뛰어나서 많은 문인들의 총애를 받아온 화공

이었다. 자연히 대갓집 사랑방을 제집 드나들듯 드나들
수 있었다. 특히 그를 총애하던 노선비가 있어 수시로 그
를 불러 함께 술을 마시고 시를 겨루기를 즐거워하였는데
그 노선비에게는 무남독녀 외딸이 하나 있었다.

하루는 그 노선비가 대취하여 곯아떨어진 사이 유가 춘
정을 못 이겨 그 규수의 방에 몰래 침입해 들어가 그 규수
의 꽃다운 나이를 꺾게 되었다.

그러나 재수가 없으면 자빠져도 코가 깨지는 법, 그만
그 규수가 덜컥 임신을 하고 말았다.

겁이 난 유는 어느 날 야밤을 틈타 소문도 없이 천금 땅
을 떠나 버렸다. 그리고 진갈성에서 다시 그 뿌리를 내리
기 시작했다.

그후로 전혀 그 규수에 대해서는 소식을 들을 길이 없
었으며 때마침 적당한 혼처가 있어 유는 혼사를 치루고
단란한 살림을 꾸리게 되었다. 그러나 왠지 슬하엔 자식
이 없었고 말년에 문둥병까지 얻어 걸렸다. 유는 그 길로
산지사방을 떠돌아다니기 시작했다.

그러다가 어느 날 한 고을의 사장에서 포목을 팔고 있
는 아낙 하나를 만나게 되었고 바로 그 아낙이 옛날의 그
규수였다.

유가 천금 땅을 떠난 뒤 그녀 또한 집을 나오고 말았던 모양이었다. 유는 간곡한 사정에 못 이겨 그 규수와 하룻밤을 지냈는데 그 아들이 많이 자라 있었다.

그러나 이미 만사는 잘못 얽혀져 있어서 후회를 해도 소용이 없는 일이었다. 다음날 아침 유는 또 오겠다는 말 한 마디를 남기고 다시 정처 없는 길을 떠났다.

세월이 많이 흐른 후에도 유는 그 아들을 찾아가지 않았다. 그러나 그 아들이 항시 아비의 소식을 알아두고 있다가 지금에야 문둥이가 되어 그 아비의 무덤을 찾아왔다…….

소문은 그러했지만 어디까지가 정말이고 어디까지가 거짓말인지 전혀 알 수가 없었다.

그렇거나 말거나 그 문둥이는 그저 묵묵히 그 움막을 지키며 살고 있었다. 동냥 길에 사람들이 더러 그 소문이 정말이냐고 묻게 되면 말없이 고개를 끄덕거려 주기도 했다. 그리고 해마다 구월 구일이 되면 움막 한 켠에 조촐한 음식들을 차려 놓고 경건한 모습으로 제사를 지내곤 했다. 구월 구일은 유 노인이 세상을 떠난 날이었는데 그러고 보면 그 문둥이가 유 노인의 아들일 거라는 소문이 맞기는 맞는 일인지도 모를 노릇이었다.

이제 그 문둥이가 그 움막 속에서 생활한 지 삼 년이 조

금 지나 있었다. 사람들은 저마다 그의 기구한 운명을 동
정하여 그가 동냥을 다닐 때는 후히 인심 쓰기를 주저치
않았다.

그러던 어느 날 그 문둥이는 동냥 길에 특히 자기에게
친절을 베풀던 어느 아낙 하나에게 놋젓가락 한 짝만 얻
을 수 없겠느냐고 간곡히 부탁했다. 한 벌까지도 필요 없
고 한 짝만 있으면 되겠다는 거였다. 이미 손가락들이 모
두 무질러져 있어서 젓가락질을 할 수 없을 것 같았다. 의
아해하면서도 그 아낙은 선뜻 놋젓가락 한 짝을 그에게
갖다주었다.

그는 집으로 돌아와서 거의 다 무질러지고 겨우 그 뿌
리만 두어 개 남아 있는 손가락들로 그 놋젓가락을 쥐어
보려고 노력했다. 그러나 그것은 완전히 불가능한 일이었
다. 그는 하는 수 없이 두 손을 모두 이용해서 그것을 움
켜잡고 이리저리 휘저어 보곤 했는데 아무래도 안 되겠다
고 판단했던 모양인지 그는 절망적인 모습으로 사타구니
에 얼굴을 꺾어 넣고 짐승처럼 오열하기 시작했다.

왜 저러는 것일까. 죽은 유 노인의 뒤를 이어 혹시 화필
이라도 잡아보려 했던 것은 아닐까.

그러나 더욱 이상한 일은 그 뒤부터였다. 한참을 오열

하다 말고 그는 문득 고개를 쳐들었다 그리고 그 젓가락
을 다시 한번 집어들고 밖으로 나와 사방을 두리번거리기
시작했다. 그러다가 바위 하나를 발견하고 그리로 가서
그 젓가락을 두 조막손으로 버팅겨대고 열심히 끝을 갈아
대기 시작했다.

그는 그 젓가락의 끝을 날카롭게 만드는 데 꼬박 이틀
이라는 시간을 허비했다. 그리고 마침내 그 젓가락이 예
리한 끝을 가지게 되자 그는 일그러진 얼굴에 회심의 미
소를 떠올리기 시작했다.

달이 떠 있었다. 달빛 아래서 잠시 그는 호흡을 가누고
있었다. 그러다가 이윽고 결심했다는 듯 바위에 걸터앉아
두 발바닥으로 젓가락 뒷부분을 바위에다 받쳐놓고는 날
카로운 끝부분을 하늘로 향하게 했다. 그리고 오른쪽 조
막손을 그 날카로운 끝부분에 갖다 대고는 세차게 어금니
를 악물면서 아래로 힘을 가하기 시작했다. 젓가락이 천
천히 그의 조막손을 파고들고 있었다. 핏방울이 뚝뚝 바
위에 떨어져 달빛에 번들거리고 있었다.

흐흐흐흐……

그의 입에서는 절로 고통스런 신음이 새어나오고 있었
다. 일그러진 얼굴이 더욱 처참하게 일그러져가고 있었

다. 그리고 잠시 후에는 젓가락의 끝이 조막손을 관통해서 밖으로 삐쭉하게 내밀어지는 것이 보였다. 그것은 마치 조막손으로 젓가락을 비스듬히 움켜쥐고 있는 것 같은 형국이었다.

그 뒤부터 그는 젓가락을 꿴 채로 잠들고 젓가락을 꿴 채로 돌아다녔다. 물론 남에게 보이지 않도록 품속에 깊이 감추고 있었다.

언제부터인가 문둥이가 살고 있는 움막에서는 이상한 소리 하나가 들리기 시작했다.

딱!

딱!

딱!

규칙적이고 야무진 소리였다. 새벽까지 그 소리는 계속되었다.

그러나 그 소리가 처음부터 규칙적이고 야무지지는 않았다. 맨 처음 그 소리는 팅가랑, 팅가랑 하는 소리로 시작되어졌었다. 소리와 소리 사이의 간격도 일정하지 않았다. 그러다가 아주 이따금 딱, 하는 소리가 한 번 들리곤 했었다. 그러더니 차츰 세월이 흐름에 따라 처음과는 반대되는 현상으로 변해갔다. 딱, 하는 소리의 연결 속에 아주 가끔 팅가랑, 하는 소리가 들리곤 했다. 그러다가 이제 팅가랑, 하는 소리는 전혀 들리지 않았다. 소리와 소리 사이도 아주 규칙적이고 빨랐다.

그러나 그 소리는 또 시간이 흐름에 따라 쉭, 쉭, 쉭, 하는 소리로 변해 가고 있었다.

세월은 흘렀다.

담이 복수의 일념으로 살아온 지 어언 십삼 년. 그동안 세상은 많이도 변해 있었다. 새로운 집들이 지어지고 새로운 길들이 생겨났다. 어떤 사람은 다시 태어나고 또 어떤 사람은 목숨을 잃었다.

그러나 아직도 담이 노리는 마헌의 목숨은 붙어 있었다. 그 명성도 하늘을 찌를 듯이 높아 있었다. 본디 처세에 능한 인물이었으므로 사람들의 환심 또한 넉넉하게 얻어 놓고 있었는데 어떤 사람들은 숫제 그를 저 춘추전국 시대의 유비처럼 덕망 있는 인물로까지 우러르고 있었다.

이제 누가 기억해 줄 수 있을 것인가. 그가 십삼 년 전에 자기의 벗을 역적으로 모함하여 그 일족을 멸하게 하고 그러한 공을 뒷받침하여 출세의 지름길로 삼았음을.

오늘은 날씨가 더없이 쾌청했다. 투명한 햇빛이 온 누리에 퍼져서 모든 사물들의 때를 씻어가고 하늘 또한 구름 한 점 없이 맑아 있었다. 북문 부근 마헌의 집 대문 앞에는 아침부터 사람들이 몰려들기 시작했다. 그야말로 문전성시 그대로였다. 마당에도 방에도 꽉꽉 들어차 상들을 받아놓고 법석들을 떨고 있었다. 바로 마헌의 환갑날이었던 것이다.

누구는 십삼 년 동안이나 그의 목숨을 노려왔는데 또 누구는 아침부터 그를 찾아가 만수무강하라고 절을 하고 있었다. 누구의 아비는 북문 앞 높이 참수당한 목이 걸리고 또 누구의 아비는 환갑날까지 살아서 풍악을 울리고 있었다. 아, 불공평하여라 세상사여.

그런데 마당에서 가장 구석진 곳을 차지하고 아까부터 한 사내가 등을 돌린 채 남루한 모습으로 작은 상 하나를 받아놓고 있는 것이 보였다. 명색이 아무리 그렇다 하더라도 남의 잔칫날에 어떻게 남루한 옷을 입고 가랴. 마당 가득 들어차 있는 사람들은 모두가 깨끗하고 단정한 차림새들이었다. 그래서 차림새가 남루한 그 사내의 모습은 더욱 남의 눈에 돋보였다.

그는 천천히 아주 천천히 음식들을 입에 넣어 우물거리

고 있었는데 어떻게 들어왔을까. 그 얼굴을 보니 바로 죽은 유 노인의 아들이라는 문둥이였다.

천형(天刑)을 받은 문둥이에게도 환갑날 국수 한 그릇을 주면 복을 받는다는 말이 있어 누군가 그를 저렇게 마당 구석진 곳에 숨어서라도 상 하나를 받도록 배려해 준 것일까. 하여튼 그는 작은 음식상 하나를 받아놓고 혼자 외로이 앉아 있었다.

그런데 자세히 보니 그가 음식을 먹는 방법이 참으로 기이했다. 젓가락 한 짝으로 이것 저것을 콕콕 찔러서 입속으로 가져가는 것이었는데 그 동작이 아주 능숙하고도 자연스러워 보였다. 그리고 그 젓가락은 그의 오른쪽 조막손에 관통되어져 있었다. 날마다 그것만 닦았는지 반짝반짝 윤이 났다. 그 젓가락은 자유자재로 길이가 조정되어지는 것으로 보아 끼웠다 뺐다 할 수도 있는 모양이었다. 그러나 하객들 중에서 아무도 그 광경을 본 사람은 없었다.

그는 상당히 오래도록 거기에 웅크리고 앉아 있었다. 그랬는데도 그를 의식하는 사람은 한 사람도 없었다. 남들은 그가 손이 불편해서 음식을 먹는 데 오랜 시간을 허비하는 것이 당연하다고 생각했을지도 모를 일이었다. 그래서 그가 지나치게 오래 거기에 앉아 있는 것을 조금도 이상하게 생각하고 있지 않았을는지도 모를 일이었다. 그러나 무려 두 시간 남짓 그는 거기에 앉아 있었다.

여러분들.

이윽고 멀리 대청 위에서 찌렁찌렁한 음성 하나가 들려왔다. 마헌이었다. 아직도 정정한 모습이었다. 얼굴이 술에 붉게 익어 있었다. 그는 자애롭게 웃으면서 신발을 찾아 신었다. 곁에는 청의를 걸친 무사 하나가 날카롭게 눈을 빛내며 그를 호위하고 있었다.

그는 천천히 계단을 내려와 섰다. 그리고 더 많은 사람들의 신임을 더 확실하게 얻어두기 위해서 마당에 있는 사람들 사이사이를 일일이 한 바퀴 돌아보기 시작했다. 마치 천자나 된 듯한 모습이었다. 사람들은 그가 곁으로 다가설 때마다 자리에서 일어서서 마치 허리뼈가 녹아 없어진 것처럼 상체를 자주 앞으로 꺾어내리곤 했다.

문둥이 사내는 이상하게도 어느새 돌아앉아 상을 마주하고 있었다. 아까는 담벼락을 바라보고 있었는데 지금은 대청 쪽을 바라보고 있었다. 아까와는 정반대의 자세였다. 그 문둥이 사내는 마헌의 일거수 일투족을 놓치지 않고 유심히 관찰하고 있었다. 그리고 눈초리가 무섭도록 날카롭게 빛나고 있었다.

　마헌은 사람들을 일일이 둘러보고 나서는 다시 대청을 향해 걸어가고 있었다. 문득 문둥이 사내의 얼굴에 어떤 그늘이 스치고 지나갔다.

　마헌은 다섯 발자국 정도를 떼어놓고 있었다. 그러다 갑자기 생각이 났다는 듯 뒤로 몇 걸음을 옮겨놓고 있었다. 문둥이 사내의 눈이 반짝 생기를 되찾고 있었다. 마헌은 음식을 먹고 있는 한 사람에게로 다가가서 일어서려는 그 사람의 어깨를 한 손으로 눌러앉히고는 허리를 굽혀 무슨 귓속말인가를 속삭이기 시작했다.

　문둥이 사내와는 정면으로 약 삼십 보 정도 떨어진 거리였다. 허리를 숙이고 있었기 때문에 얼굴은 전혀 보이지 않았다. 머리만 보였다. 머리는 잘 빗어올려 정수리에 둥글게 상투를 치고 흰 댕기로 맵시 있게 묶어놓았는데 그 아래로도 백발이 길게 내려와 어깨를 덮을 지경이었다. 문둥이 사내는 조용히 그러나 날카로운 눈초리로 정수리 그 뭉툭한 머리카락 뭉치를 유심히 바라보고 있었다.

　이윽고 귓속말을 모두 끝내었는지 마헌은 다짐하듯 상대편의 어깨를 두드려주고는 굽혔던 허리를 펴려 하고 있었다. 그때였다.

문둥이 사내가 날아다니는 파리를 쫓듯 가볍게 손으로 허공을 한번 뿌리쳤다. 그리고 두 팔로는 곧게 땅을 짚고 두 발로 상 밑을 떠받치어 민첩한 동작으로 빙그르 몸을 돌렸다. 순식간에 자세를 완전히 바꾸어 버린 것이다.

　문둥이 사내가 허공을 가볍게 한번 뿌리쳤을 때 무엇인가가 손끝에서 반짝했는가 싶었는데 그러나 아무도 본 사람은 없었다. 모든 시선들이 마헌에게로 집중되어져 있었다. 문둥이 사내는 아무 일도 없었다는 듯 태연히 등을 돌린 채 음식들을 뒤적거리고 있었다. 젓가락 하나가 여전히 그의 조막손에 끼워져 있었다.

　마헌은 일어서려다 말고 짤막한 비명과 함께 흠칫 몸을 굽히는 기색이더니 그대로 음식상 위에 배를 깔고 엎어져 버렸다. 그런 다음 한번 몸을 뒤척이더니 그대로 숨을 거두어 버렸다. 참 어이없을 정도로 간단한 죽음이었다.

　곁에 섰던 청의의 사내가 번개처럼 칼을 빼 들고 마헌이 아까 귓속말을 해주던 사람의 목을 단칼에 내리쳐 동강내 버렸다. 순식간에 일어난 일이었다.

　아마도 그 청의 사내는 바로 곁에서 누군가가 마헌을 살해한 것으로 믿었던 모양이었다. 그러나 마헌의 몸은 곳곳을 아무리 살펴보아도 바늘 끝만한 상처 하나 없이 깨끗했다. 도무지 왜 죽었는지 추측조차 할 수 없었다.

그의 시체가 땅에 묻힐 때까지, 묻혀서 살이 모두 썩어 없어진 후에까지 이 세상 단 한 사람을 제외하고는 아무도 그 이유를 아는 사람이 없었다.

십삼 년 동안 한이 맺혀 있던 담의 원수는 이렇게 해서 갚아졌다.

그렇다. 한세상 사는 일이 그저 뜬구름 같은 것. 세월은 흘러 담도 죽었다. 물론 죽기 전에 그 청의의 사내와 한판 승부가 있었다. 그 이전에 담의 실력은 이미 사람의 그것은 아니어서 젓가락을 던지면 날아가는 젓가락이 눈에 보이지조차 않을 정도로 빨랐었다. 담의 젓가락은 그 사내의 칼을 제압하고도 남음이 있을 정도로 신묘한 경지에 도달해 있었다. 담은 그 사내가 예전에 그렇게 했듯이 젓가락 하나로 그 사내의 옷을 젖히고 간단히 그 사내의 가슴까지 파고들어가 가슴팍에다 열십자 하나를 깊이 그어 주었다. 그리고 그 다음 그동안의 빚진 이자를 갚듯 젓가락으로 그 승부의 끝을 마무리 지었다. 바로 선비 사(士)자였다. 청의의 사내는 그길로 진갈성을 떠났고 담은 그후로 가지고 있던 젓가락을 모두 땅에 파묻어 버렸다.

담이 죽은 뒤 사람들이 그를 유 노인 내외의 무덤 곁에 나란히 묻고 그의 움막을 태우려 했을 때였다. 움막 속에 있는 기둥이며 문지방이며, 나무라는 나무들마다 빠끔빠끔한 구멍들이 수없이 뚫어져 있었다.

그리고 수십 장의 송판들도 움막 속에서 발견되어졌었다. 그 송판들 또한 한결같이 빠끔빠끔한 구멍들이 수없이 뚫어져 있었다.

도대체 무엇 때문에 생겨난 구멍일까. 하지만 사람들은 잠시 생각해보다가 에라 모르겠다 니기미, 움막과 함께 그 송판들을 신나게 태워버렸다.

더 후세에 마헌의 자손들이 가세가 몹시 기울어짐을 걱정하여 이름난 지관에게 그 이유를 물어보았다. 대답인즉슨 묏자리가 나쁘다는 얘기였다. 이장을 하기 위해 그 무덤을 파서 형해를 보니 살은 썩어서 간 곳이 없고 희디흰 뼈만이 남아 있었다. 그리고 그 뼈를 하나하나 옮기다가 머리카락이 삭아내린 두개골 한복판, 백회혈(百會穴) 자리에 무엇인가 박혀 있음을 발견하게 되었다. 뽑아서 자세히 보니 놋젓가락이었다. 끝이 날카롭기 그지없었다. 이상하게도 아직까지 녹슬지 않고 그 빛이 생생해서 햇빛에 순금처럼 빛나고 있었다. 섬뜩한 느낌이었다.

틈

　　　　　　　　나는 오늘도 정시에 잠
을 깨었다.

　머리맡에 풀어놓았던 내 최신형 손목시계는 정확하게
다섯 시 반을 가리키고 있었다. 그것을 확인하는 순간 나
는 다시 한번 내 습관의 정확성에 대해 경악스러움을 금
치 못했다. 내가 바로 인간 시계 그 자체다, 라는 생각이
들면서 가볍게 몸서리가 쳐졌다.

　그러나 아직도 완전히 잠에서 깨어난 상태는 아니었다.
상당히 무거운 잠의 찌꺼기들이 내 의식 속에 누적되어

있었다.

나는 홑이불을 걷어내며 부스스 상반신을 일으켜 세웠다. 손바닥만한 창문조차도 뚫어져 있지 않은 내 방은 아직도 캄캄한 상태 그대로였다. 나는 형광등을 켰다. 방안의 모든 사물이 한눈에 벌거벗기운 모습을 드러냈다. 그러나 그것들은 아직도 고요히 잠 속에 빠져 있었다.

나는 이부자리를 정돈하기 시작했다. 한 겹씩 이부자리가 접힐 때마다 벽에 걸린 달력이며 의복들이 낮게 소스라치며 잠을 깨고 있었다. 문득 지난밤에 꾸었던 꿈이 선명하게 머릿속에 떠올랐다. 기분 나쁜 꿈이었다. 제대한지 벌써 오 년이 지났는데도 수시로 비슷한 내용의 꿈들이 나를 괴롭혀 왔다. 바로 군에 재입대해서 졸병 생활을 하는 꿈이었다. 올들어 벌써 세 번씩이나 그런 내용의꿈을 꾸었다. 어이없는 일이었다. 어쩌면 내 꿈을 관장하는 어느 기관 중의 한 부분이 완전히 녹슬어버렸는지도모를 노릇이었다. 나는 지금 이부자리를 정돈하고 자신이마치 일조점호를 서두르고 있는 듯한 기분이 들어 흠칫몸을 한 번 도사렸을 정도였다.

그러나 나는 곧 그 망할 놈의 꿈에 대한 생각을 떨쳐 버렸다. 그리고 세면장으로 가서 세수를 해야겠다는 생각으로 내 방문의 손잡이를 비틀었다. 문이 열렸다. 이때까지도 나는 완전히 잠에서 깨어난 상태가 아니었다 다만 습관에 의해서 움직였을 뿐이었다.

하지만 문이 열리고 응접실에 모여 있던 새로운 공기가 내 얼굴을 적시는 순간 나는 비로소 내 의식 속에서 잠의 껍질들이 우수수 떨어져내리는 소리를 들었다. 그리고 전혀 내가 서두를 필요가 없음을 알아냈다.

나는 지금 휴가중이었던 것이다.

나의 출근 시간에 맞춰 아침식사를 서두를 필요가 없으므로 밥하는 아줌마는 오늘도 늦잠을 즐기고 있는 모양이었다. 응접실은 조용하기 짝이 없었다. 보통 때는 응접실에 환하게 불이 켜져 있고 싱크대 쪽에서 그릇 부딪치는 소리, 수돗물 흐르는 소리 따위들이 들려왔었다. 그러나 지금은 달랐다. 응접실에는 그저 훤한 새벽빛만 트여오고 있을 뿐, 괘종시계 소리만 일정하게 똑딱거리고 있을 뿐, 사람의 기척이라곤 전혀 없었다.

나는 객쩍은 생각이 들어 응접실 소파에 깊숙이 몸을 묻었다. 그리고 이번 여름 휴가를 아무런 보람도 없이 다 까먹어버린 것에 대한 후회스러움으로 잠시 쓰디쓴 입맛을 다시고 있었다. 사는 일이 모조리 장난 같게만 여겨졌다.

나는 몇 년 전의 그 끔찍했던 여름을 다시 한번 떠올렸다.

그해 여름에 나는 한 여자와 헤어졌었다. 사 년 동안 연애하던 여자였다. 우리는 평탄하게 사귀어 왔었다. 특별한 사건도 없었고 특별한 거부반응도 없었다. 나는 우리들의 앞날에 대해 아무런 의심도 갖지 않았다. 오직 내가 대학원을 졸업하기만 하면 순조롭게 결혼할 수 있을 것으로 알았었다. 그랬는데 변화가 왔다. 별다른 이유도 내게 밝히지 않고 저쪽에서 일방적으로 태도를 돌변시켜 나를 회피하기 시작했던 것이다.

나중에 알고 보니 다른 남자가 생겼던 모양이었다. 측근의 말로는 완전히 다른 여자로 변해 버렸다고, 제정신이 아니라고, 포기하는 게 어떻겠느냐고 나를 동정하는 눈치였다. 인간의 내면 속에는 어떤 화력 같은 것이 언제나 잠재해 있어서 어떤 계기에 의해 불이 붙기만 하면 그렇게 맹렬하게 타오를 수도 있다는 것을 나는 이제야 조금은 이해할 수가 있을 것 같았다. 그녀는 몇 달 안 되어 결혼해 버렸다는 소문이었다.

나는 한마디로 비참했다. 조실부모해서 혼자 성실 하나만으로 살아가고 있던 당시의 내게 그녀는 그야말로 나의 우주 그 자체였다. 나는 죽으려 했었다. 그러나 죽을 수가 없었다. 억울했던 것이다.

그녀만 생각하면 무슨 생리적 작용에 의해서인지 자꾸만 구토감이 일었고 실지로 몇 번이고 토하지 않으면 안 될 지경에 이른 적까지 있었다. 어쩌면 그것은 그녀를 잊을 수가 없는 나 자신에의 혐오감 때문일는지도 모른다는 생각이 들었다. 나는 모든 것에서 의욕을 상실해 버렸다. 나는 아무것도 손에 잡히지 않았고 아무 생각도 하고 싶지 않았다. 밥조차도 목구멍에 삼켜지지 않았다. 그것은 내가 겪은 고문 중에서 가장 견딜 수 없는 고문이었다.

나는 만사를 제쳐놓고 술만 마셨다. 처절해서 술만 마셨다. 나는 완전히 폐인처럼 생활했다.

그러다가 간신히 마음을 가다듬어 어느 회사의 신입사원 모집 공개 채용시험에 응시했다. 바로 재작년의 일이었다. 실력이 좋았는지 운이 좋았는지는 모르지만 하여튼 나는 합격했었다.

나는 회사에서 열심히 일했다. 오직 일만이 나의 전부인 것처럼 최선을 다했다. 그것만이 그 여자를 잊어버릴 수 있는 유일한 수단이며 방법이라는 생각에서였다. 덕분에 나는 완벽한 기계적 인간이 되어 있었다. 정확하게 새벽 다섯 시 반에 일어나는 버릇도 그렇게 해서 만들어졌었다. 동료들은 나를 '회사의 회사에 의한 회사를 위한' 바보라고 비웃었다. 그러나 상사들은 나를 '회사가 나에게 무엇을 해줄 것인가를 생각하기 이전에 내가 회사를 위해 무엇을 해줄 것인가를 먼저 생각하는' 모범 사원이라고 칭찬했다. 우스운 일이었다. 나는 다만 한 여자를 잊기 위해 그렇게 했을 뿐이었다. 그리고 가까스로 나는 그 여자를 어느 정도 잊을 수가 있는 상태가 되어 있었다.

그러자 나는 차츰 일에 흥미를 잃어가기 시작했다. 생활에 대한 습관은 그대로 남아 있는데 일에 대한 의욕은 전과 같지 않게 되었다. 게다가 여름이 되면서부터 갑자기 새로운 여자를 하나 만들어야 되겠다는 생각이 항시 나를 사로잡았다.

나는 이번 휴가 기간을 노리고 있었다. 어떻게 해서든 이번 기회를 이용해서 새로운 여자를 하나 만들고야 말겠다고 단단히 벼르고 결심했었다. 그러나 내게는 아무 일도 일어나주지 않았다.

이제 응접실 벽에 걸린 괘종시계는 여섯 시를 가리키고 있었다. 침착하게 여섯 번의 괘종 소리가 울리고 나서도 삼십 분이 더 지나서야 밥하는 아줌마는 느릿느릿 눈을 비비며 응접실로 나왔다. 그녀는 나를 보자 약간 쑥스럽다는 표정을 지어 보였다.

"시장하시겠네유. 늘 일찌거니 아침을 자시던 분잉께 오늘이라두 늑장부리지 말구 때맞춰서 다른 날처럼 진짓상을 봐드리라구 쥔 아주머니가 나한테 신신당부 혔는디, 이놈의 잠이 고만 웬수여."

그러나 그녀는 정말로 내 시장기를 염려하고 있는 것 같지는 않아 보였다. 오히려 덕분에 한 시간이라도 더 자게 되어 한결 기분이 나아져 있다는 듯한 표정이었다.

"오늘이 휴가 마지막 날이로군요."

아침 식탁을 마주했을 때였다.

밥하는 아줌마로부터 쥔 아주머니라고 불리는 여자가 나를 향해 조심스러운 목소리로 그렇게 말을 건넸다. 그녀는 언제나 내게 어떤 미안감을 느끼고 있다는 듯한 태도를 버릴 수가 없는 모양이었다. 하지만 나는 아무렇지도 않았다. 어차피 이제는 서로 아무런 부담감을 느끼지 않는 편이 좋을 것이다. 우리는 거의 같은 결론에 도달해 있는 셈이니까.

"차라리 회사에 출근하는 편이 나을 뻔했습니다. 그냥 빈둥거리면서 거리만 쏘다녔어요."

"죄송해요."

"그러실 필요는 없습니다. 작년 휴가 때도 마찬가지였으니까요."

나는 그녀를 다치고 싶지는 않았다. 모든 것은 그녀와 상관없는 일이라는 생각이 들었다.

해가 뜨고 있었다. 베란다로 향한 유리문을 통해 싱싱한 햇빛이 쏟아져 들어와 식탁을 가로지르고 있었다. 하얀 식탁보 위에 정갈하게 정돈되어져 있는 식기들이 햇빛을 받아 청명하게 반들거리고 있었다.

"어디 여행이라도 다녀오실 걸 그랬지요."

여자는 여전히 마음이 걸린다는 듯한 어투였다.

"여자도 없이 무슨 재미로 말입니까."

나는 일부러 농담 삼아 허허 웃음을 덧붙였다.

그러나 그녀는 농담으로 받아들일 수가 없었던 모양이었다. 갑자기 숟가락을 쥔 손에 가느다란 경련이 일면서 눈시울이 젖어오는 기색이었다. 조금은 그녀의 심정을 이해할 수 있을 것 같기도 했다. 그녀는 식사가 모두 끝날 때까지 시종일관 고개를 숙인 채 말없이 수저만 놀렸다.

"오늘은 집에서 낮잠이나 늘어지게 자야겠습니다."

나는 짐짓 쾌활한 목소리로 그렇게 말했다. 그러자 밥

하는 아줌마가 재빨리 그 말을 받았다.

"그럼 잘 됐구만유. 오늘은 지가 무신 일이 있어두 딸네 집엘 한번 댕겨와야 하는디. 사우가 택시 운전수를 하다가 뭔 사고를 냈는개벼유. 카아펭은 싸가지고 가서 빨아 오먼 되겠지유. 선상님 새벽밥은 늦지 않도록 헐 티니까. 허락을 내려 주서유. 일 년 동안 전화로만 야길하구 얼굴두 한 번 못 본 터인디……."

그러나 한참 동안 대답이 없었다.

"그렇게 허락해 주시죠."

내가 거들었다.

"괜찮으시겠어요?"

오래 생각 끝에 그녀는 나를 향해 그렇게 물었다.

"물론입니다."

그제서야 그녀는 그럼 다녀오시도록 해요, 라고 밥하는 아줌마에게 말했다.

식사가 끝나고 나는 응접실 소파에 앉아 담배를 한 대 피워 물었다. 그리고 아침 신문을 이리저리 뒤적거려 보았다. 여전히 내 눈길을 끄는 기사는 발견되어지지 않았다. 세상사가 다 그렇고 그렇다는 생각이 들었다.

더 이상 볼 필요가 없다는 생각으로 신문을 모두 접었

을 때 그녀가 소리 없이 내 곁으로 다가왔다. 가벼운 화장을 끝내고 외출복으로 갈아입은 모습, 어딘지 모르게 청초해 보여서 약간 마음이 안쓰러워지는 듯한 느낌을 받았다. 그녀의 원피스에 흩어져 있는 등꽃 무늬 때문에 그런 느낌이 드는 것인지도 모른다는 생각이 들었다.

"공연히 이 집으로 오시게 했나봐요."

또 미안하다는 말을 하려는 모양이었다.

"저는 아무렇지도 않습니다. 처음부터 제 잘못이 컸는지도 모르죠."

"그런 말씀은 마세요."

뒤를 이어 무슨 말인가를 더 하려다 말고 그녀는 시선을 현관 쪽으로 돌리고 말았다.

"있다가 화라 방을 한 번쯤 들여다봐 주세요."

한참 있다가 빠르게 말하면서 돌아서는 그녀의 원피스에서 등꽃 하나가 가벼이 떨어져내리는 듯한 착각을 나는 받았다.

밥하는 아줌마는 그녀가 나가버리자 분주하게 집안 정리를 서둘렀다. 그리고 응접실에 있는 전화를 안방으로 떼어들고 들어가더니 무려 삼십여 분 동안을 누군가와 열심히 통화했다.

"그럼 선상님 수고 좀 하셔야겠네유."

밥하는 아줌마는 얼굴이 약간 상기되어 있었다. 나는 그녀의 사위가 무슨 사고를 저질렀다는 아까의 얘기가 아마도 꾸며낸 말인 것 같다는 느낌을 받았다.

"화라헌티 줄 밥은 찬장 제일 왼쪽에 있어유. 그라고 있다가 화장품 갖고 댕기는 처녀가 올 것인디. 샴푸가 떨어졌응께 하나 놓고 가라고 말해 주쇼이. 어제 올 줄 알았는디 안 왔어유. 틀림없이 오늘은 올 것이구마."

그러나 나는 밥하는 아줌마의 말을 별로 귀담아듣지 않았다.

곧 집안은 텅 비어버렸다.

나는 응접실 소파에 털썩 주저앉아 암담한 표정으로 바깥을 내다보았다. 조금씩 햇살이 강도를 더해 가고 있었다. 응접실 벽에 걸린 괘종시계가 아홉 시를 치고 있었다. 나는 영락없이 갇혀버린 신세가 되어 있었다. 이렇게 되면 이제 이번 휴가를 기해 새로운 여자를 하나 만들어야겠다는 계획은 다 틀려버린 노릇이었다.

혼자서 집을 지킨다는 일이 이렇게 힘겨운 일인 줄은 정말로 예전엔 미처 몰랐었다. 나는 채 두 시간을 넘기지 못하고 좀이 쑤셔오기 시작했다.

차츰 더위는 극성을 더해가고 있었다. 베란다에 나가 아래를 내려다보니 사방이 온통 빛의 가시로 가득 차 있었다. 모든 건물들과 길바닥과 나무와 자동차와 행인들이 하얗게 타고 있었다. 하늘조차도 희게 번쩍거리고 있는 듯한 느낌이었다.

선풍기를 틀어놓았으나 헛일이었다. 냉장고를 열고는 사이다며 콜라를 몇 병이나 들이켰다. 헛일이었다. 아주 잠깐 동안만 더위를 잊을 수 있을 뿐 곧 전신에서 땀이 솟 구쳐올랐다. 아무 일도 손에 잡히지 않았다. 몇 번이나 세 수를 거듭했다. 정말로 극성스러운 더위였다. 무료하기 짝이 없었다. 말동무가 될 만한 사람이라도 곁에 있어준 다면 이렇게 곤혹스럽지는 않으리라는 생각이 들었다. 그 때였다. 반갑게도 초인종이 울렸다.

현관문을 열어 보니 낯선 사내 하나가 가방을 들고 서 있었다. 내 나이 또래쯤 되어 보였다.

"안녕하십니까."

그는 정중한 태도로 내게 허리를 굽혔다.

"어떻게 오셨는지요."

내가 물었다.

"드릴 말씀이 있어서 왔는데요."

그는 몹시 곤혹스러운 표정으로 대답했다.

"제게 말입니까?"

"그렇습니다."

"혹시 저를 아시는 분이십니까."

"아니오. 전혀 모릅니다."

그는 손수건을 꺼내 쉴새없이 땀을 닦아내고 있었다.

"말씀하시죠."

나는 그를 향해 약간 부드러운 표정을 지어 보였다. 그러자 그는 금방 자신감을 얻었다는 듯한 표정으로 들고 있던 가방의 고리를 풀었다. 가방의 아가리가 채 모두 벌어지기도 전에 나는 그가 월부 책장수라는 것을 대번에 알아냈다.

가방의 아가리가 내 쪽으로 향해져 있었기 때문에 그 속에 있는 선전용 팸플릿들이 언뜻 눈에 비쳐들었던 것이다.

"책이로군요."

나는 흥미 없다는 투로 짤막하게 말했다.

"문을 닫지 마십시오."

그가 다급하게 한 손을 내저었다. 그러나 나는 문을 닫는 시늉조차도 해보이지 않았었다. 아마도 다른 곳에서 몇 번 그런 경우를 당했을는지도 모를 노릇이었다.

"우선 여기서 필요하신 책이 있는가 없는가부터 한번 봐주십시오. 부탁합니다."

그는 여러 가지 선전용 팸플릿들을 내게 펼쳐보이며 눈치를 살피기 시작했다. 땀방울이 툭 하고 그 위로 떨어져 내리고 있었다. 나는 건성으로 대충 그것들을 한번 훑어보았다. 월부 책을 살 생각은 전혀 없었다.

"좋습니다."

그가 말했다.

"좋습니다. 그러면 혹시 이런 여자를 어디서 보신 적이 없으신지요."

그는 흑백사진 한 장을 내게 내밀어 보였다.

"직접 들고 자세히 한번 들여다보십시오."

나는 그가 내미는 사진을 받아들었다. 그 사진은 인화지에 인화되어져 있는 것이 아니라 명함판 크기의 두꺼운 종이에 인쇄되어져 있었다. 여자 사진이었다. 스물두 살쯤 되었을까, 예쁘장한 얼굴로 앳되게 웃고 있었다.

"전혀 본 적이 없는 얼굴인데요."

"아 그러십니까. 그렇다면 부탁 말씀을 한 가지 드려야겠습니다."

그의 부탁인즉슨 그 사진을 내가 지갑 같은 데라도 보관하고 있다가 만약 술집에서나 다방 같은 데서라도 행여 그 여자를 보게 된다면 사진 뒤편에 적혀 있는 연락처로 연락해 주시면 대단히 고맙겠다는 골자였다.

사진을 뒤집어보니 주소와 성명과 전화번호가 인쇄되어져 있었다.

"실례지만 이분과는 어떻게 되는 사이신지요."

"제 안사람입니다."

삼 년 전에 집을 나가 버렸노라고 그는 말했다. 나는 무료했던 차였으므로 그를 응접실로 들여보내어 이야기를 좀 듣고 싶은 심정이었으나 남의 아픔으로 나의 무료함이나 달래는 결과밖에 안 된다는 생각이 들어 그만두기로 했다.

그가 문밖에서 나와 함께 나눈 이야기를 대충 종합하면 이러하다.

그는 어느 봉제 공장에서 그녀를 만났고 일 년 동안 연애를 했으며 그후 동거 생활을 하다가 식도 못 올린 채 혼인신고를 하게 되었다. 그러나 아기를 낳던 해에 공교롭게도 그는 공장을 그만두게 되었고 자연히 살림은 쪼들리기 시작했다. 차츰 사소한 일로도 말다툼이 잦아지고 더러는 손찌검도 하게 되었다. 구멍가게의 외상값도 차츰 액수가 오르고 몇 푼씩 꾸어 쓴 돈 때문에 빚쟁이들도 자주 드나들기 시작했다. 그는 무슨 일이든지 해서 그 어려운 상황을 벗어나려 했으나 어찌된 셈인지 매사가 제대로 맞아떨어지지 않았다. 결국 그의 아내는 어느 날 아이를 버려둔 채 자취를 감추고 말았다. 그러나 그는 아직도 그의 아내를 사랑한다. 그는 삼 년 동안 전국 각지를 돌아다니며 그의 아내를 찾고 있는 중이다.

나는 그를 보내놓고 나서 책이라도 한 권 팔아줄 걸 그랬다고 뒤늦게 후회했다. 그가 남겨두고 간 사진을 내 수첩 갈피에다 끼워 넣으며 나는 되도록이면 그 사진 속의 얼굴을 선명하게 머릿속에 새겨두어야겠다는 생각을 했다.

왠지 가슴이 답답해져 와서 다시 베란다로 나왔다. 바람 한 점 없었다. 나는 한참 동안 도시를 내려다보고 있었다. 도시는 하얗게 실신하고 있었다.

갑자기 등 뒤에서 전화벨 소리가 들리기 시작했다. 나는 다시 돌아섰다. 그러나 응접실에는 전화기가 놓여 있지 않았다. 벨소리는 안방에서 들리고 있었다. 나는 아까 밥하는 아줌마가 전화기를 떼어가지고 안방으로 들어가 무려 삼십여 분씩이나 열심히 통화를 하던 일을 기억해

냈다.

벨소리는 다섯 번, 여섯 번, 일곱 번, 집요하게 되풀이되고 있었다. 그러나 나는 그 전화를 받을 수가 없었다.

안방문이 채워져 있었던 것이다. 벨소리는 잠시 끊어졌다간 다시 울리고 잠시 끊어졌다간 다시 울리기를 몇 번이나 거듭했다. 그러다가 그만 포기해야겠다는 듯 잠잠해져 버렸다. 시계를 보았다. 열두 시가 조금 넘어 있었다.

나는 찬장에서 밥그릇 하나를 찾아냈다. 야채와 고기 따위를 적당히 배합해서 둥글게 뭉쳐놓은 주먹밥 덩어리가 몇 개 그 속에 들어 있었다. 나는 밥그릇을 들고 화라의 방문 앞으로 다가섰다.

방문에 귀를 대고 안의 동정을 살피니 아무 기척도 들리지 않았다. 잠들어 있는 모양이었다. 문을 열었다. 이상한 악취가 코끝을 찔렀다.

한 여자가 형광등 불빛 아래서 풀어진 눈동자로 퀭하니 나를 쳐다보고 있었다. 그녀는 잠들어 있는 것이 아니었다. 실성한 채로 그냥 조용히 앉아 있을 뿐이었다. 나는 그녀 앞에다 밥그릇을 놓아주었다. 헝클어진 머리카락, 흐리게 풀어진 두 눈동자, 불거져 나온 광대뼈—나는 이 실성한 여자가 아까 등꽃 무늬의 원피스를 입고 슬픈 모

습으로 내 곁에 서 있던 그 여자의 동생이라고는 도저히
믿을 수가 없었다.

나는 질식해 버릴 것 같은 기분에 사로잡혀서 황급히 그
방을 나와버렸다. 그리고 밖에서 문을 걸어 잠가버렸다.

다시 안방에서 전화벨 소리가 들리고 있었다.

열한 번, 열두 번, 열세 번, 그것은 끈질기게 계속되고
있었다. 베란다로 향한 유리문을 통해 햇빛이 속수무책으
로 쏟아져 들어오고, 응접실 한쪽 벽의 반 이상이 하얗게
타들어가고 있었는데, 그것은 톱니가 달린 쇠줄처럼 날카
롭게 빛나면서 그 벽 속으로 날아가 꽂히는 것 같았다. 나
는 더 이상 견딜 수가 없었다. 지금 누가 어디서 이리로
전화를 걸고 있는지 알아낼 수만 있다면 당장이라도 달려
가서 숨통을 졸라 버리고 싶은 심정이었다. 스물한 번, 스
물두 번, 스물세 번……

그러다 전화벨 소리는 간신히 뚝 멈추어졌다. 실내의
모든 사물들이 몸서리를 치고 있었다. 나는 그만 만사를
제쳐놓고 외출해 버리고 싶은 심정이었다.

그러나 도둑을 지키기 위해 이 집에 사람이 붙어 있어
야 하는 것은 아니다. 실성한 여자의 신변에 혹시 무슨 일
이라도 일어나면 어쩌나 싶어 이 집에 사람이 붙어 있어

야 하는 것이다.

화라의 언니 되는 여자는 거의 병적으로 화라에게 집착하고 있었다. 집을 비워놓은 사이 화재라도 발생하면 화라는 꼼짝없이 타 죽는다는 것이 그녀의 기우였던 것이다. 나는 그녀의 심정을 어느 정도는 이해할 수가 있었기 때문에 오늘만은 이 집을 비워놓을 수가 없을 것 같았다.

다시 초인종이 울렸다.

문을 열어보니 이번에는 여자였다. 화장품 가방을 들고 있었다. 스물네 살쯤 되어 보이는 나이였다.

"어마나 내가 잘못 찾아왔나 봐."

그녀는 나를 보자 당황하는 기색이었다.

"잘못 찾아오신 게 아닙니다."

나는 그녀를 안심시켰다.

"저는 이 집에 하숙하고 있는 남잡니다. 회사로부터 휴가를 얻어 쉬고 있는 중이죠. 밥하는 아줌마로부터 아가씨에 대한 얘기를 들었습니다. 어제 오시기로 했는데 안 오셨다고, 오늘은 꼭 오실 거라고 말씀하시더군요."

"어디 가셨나부죠?"

"네. 잠깐 볼일이 있어 밖에 나가셨습니다. 아가씨가 오시면 기다려달라고 부탁하시던데요."

나는 천연덕스럽게 거짓말을 꾸며대었다. 나는 이 여자가 이번 휴가기간 중 처음이자 마지막 기회가 될 것이라는 생각을 하고 있었다. 그녀는 문밖에서 머뭇거리고 있었다.

"밥하는 아줌마가 신신당부를 하고 나가셨어요. 꼭 좀 아가씨를 붙잡아놓으라고 말입니다."

"그러실 거예요. 이댁 아줌마가 제게 부탁하신 일이 있거든요."

"잠깐이면 된다고 하면서 나가셨으니까 곧 돌아오실 겁니다."

"그럼 삼층엘 좀 올라갔다 와야겠어요. 수고스럽지만 초인종을 누르면 문을 한 번 더 열어 주시겠어요?"

"그땐 혹시 아줌마가 돌아와 계실지도 모르겠군요. 하지만 굳이 원하신다면 제가 문 옆에 대기하고 있겠습니다."

나는 웃으면서 말했다. 그녀도 따라 웃었다. 하얀 이가 가지런하게 드러나고 있었다. 이쁘다라고 나는 속으로 감탄했다.

그녀가 돌아가자 다시 안방에서 전화벨 소리가 요란하게 울리기 시작했다.

나는 심하게 목이 마름을 의식했다. 수도를 틀고 벌컥벌컥 물을 들이켰는데도 갈증은 해소되지 않았다. 전화벨 소리 때문인 것 같았다. 누군지 참 지겹게도 끈덕지다는 생각이 들었다. 아마도 화라의 언니 되는 여자가 거는 것은 아닐 것이다. 몇 번 전화를 걸어봐서 받지 않으면 집안에 아무도 없는 줄 알고 화라가 걱정되어 오래전에 부랴부랴 달려왔을 것이다. 그녀라면 틀림없이 그랬을 것이다. 그렇다면 누굴까. 밥하는 아줌마일까. 아닐 것이다. 밥하는 아줌마라면 지금쯤 자신이 안방에다 전화기를 넣어두고 문을 채워버린 채 외출했다는 사실에 생각이 미치고도 남았을 것이다. 안방 도어의 손잡이를 부수고라도 전화를 받아보고 싶은 충동이 일었다. 그러나 뚝 벨소리가 끊어졌다. 속이 다 후련해져 왔다.

나는 다시 수도를 틀고 벌컥벌컥 물을 들이킨 다음 가슴을 진정시켰다. 곧 아리따운 아가씨 하나가 이리로 오게 되어 있는 것이다. 어떤 작전으로 그녀를 사로잡을 수 있을까. 나는 곰곰이 생각해 보기 시작했다. 이제 선풍기는 더운 김을 훅훅 뿜어내고 있었다. 그것은 지쳐 있는 것 같았다.

다시 초인종 소리가 울렸다. 문을 열어보니 아까 그 여자였다.

"잠깐 들어와서 기다리시죠."

내가 말했다.

여자는 잠시 망설이고 있었다.

"저 때문에 거북하시다면 제가 나가 있겠습니다. 어디 다방에라도 가서 혼자 차나 마시고 들어오죠."

"아니에요."

그제서야 그녀는 화장품 가방을 들고 안으로 들어섰다. 나는 그녀를 응접실 소파로 안내하고는 유리컵에 얼음을 넣어 사이다를 한 잔 따라 주었다.

"아이섀도라는 것도 가지고 다니십니까?"

나는 우선 그녀가 서먹서먹함을 느끼지 않도록 만들기 위해 그녀 주변에서부터 이야기를 끄집어냈다.

"그럼요. 화장품 장사가 그런 걸 안 가지고 다니면 어떻게 해요."

그녀는 참 바보 같은 질문도 다 있네요라는 듯이 나를 쳐다보았다.

"그 아이섀도라는 거 역사가 상당히 오래된 것이라면서요."

"글쎄요. 그건 잘 모르겠는데요. 전 언제나 새걸 가지고 다녀요."

"이미 오천 년 전에 이집트에서 만들어 썼답니다. 그러니까 아이섀도는 우리나라 역사만큼이나 그 역사가 오래인 화장품이죠."

"얘기해 주세요."

"그것은 원래 공작석을 갈아낸 파아란 가루를 눈썹에 칠하는 것이었는데 지금처럼 예쁘게 보이기 위해서가 아니었답니다."

"그럼 무엇 때문에 칠하고 다녔을까요."

"눈 위에 파리가 날아와 붙는 것을 방지하기 위해서였다는 겁니다. 아프리카에선 지금도 인간의 배설물을 즐기는 파리가 많고 이 파리가 눈두덩에 앉아 눈병을 곧잘 전염시킨답니다. 그런데 이 공작석 가루를 칠하면 파리가 앉지 못한다는 겁니다. 공작석에는 강한 독이 있고 살충제로 쓰이는 탄산 등이 함유되어 있죠. 그래서 전염병을 예방할 수가 있는 겁니다."

"재밌어라. 그런 얘기 또 알고 계시면 하나 더 해주세요."

그녀는 쉽게 내 작전 속으로 말려들고 있었다. 나는 잡학에만은 자신이 있었다. 그래서 내가 알고 있는 상식들 중에서 비교적 재미있는 것만을 추려서 그녀 앞에다 늘어놓기 시작했다. 베르사이유 궁전엔 화장실이 하나뿐이라는 것, 하이힐은 원래 남자 신발이었다는 것, 세계에서 결혼을 가장 일찍 한 사람은 중세 유럽의 존 리그마덴이라는 사내애였고 세 살이었다는 것, 기원전 십팔 세기경 바빌론에서는 의사가 수술을 하다 실패하면 손가락을 잘라버렸다는 것 등등……

이야기가 거듭될 때마다 여자는 소리내어 웃거나 어마나, 어쩌면 따위의 감탄사를 연발했다.

다시 안방 쪽에서 전화벨 소리가 들리기 시작했다. 그 끈질긴 유형으로 보아 아까 걸었던 사람과 동일 인물임이 분명했다.

"왜 전화를 안 받으세요."

"문이 채워져 있습니다."

"정말 지겨운 사람이네요. 지금 전화 걸고 있는 사람."

"다이얼을 돌려 놓고 낮잠을 자는 중인지도 모르죠."

한참 만에야 벨소리는 중단되었다.

"이제야 잠에서 깨었나 봐요."

"다시 걸까 봐 겁이 납니다."

그러나 벨소리가 다시 들려오지는 않았다.

"저게 무슨 꽃일까요."

그녀는 베란다 쪽으로 시선을 던져놓고 있었다. 베란다에는 몇 개의 크고 작은 화분들이 놓여 있었다. 그리고 그 화분에는 각기 다른 종류의 화초들이 심어져 있었다.

그러나 그 화초들은 모조리 햇빛 속에 하얗게 타고 있었다. 타면서 맥없이 이파리들을 축 늘어뜨리고 있었다. 꽃들은 하나도 피어 있지 않았다. 다만 한 화초만이 그 속에서 현란한 색채를 발산하고 있었다. 그녀는 아마도 그 화초를 보고 있는 모양이었다.

"참 예쁜 꽃인데요. 무슨 꽃이죠?"

그녀는 이제 내가 모르는 것이 없는 사람이라고 완전히 믿어버린 모양이었다. 만약 대답을 못 하면 어떻게 될까. 그러나 다행스럽게도 나는 그 화초의 이름을 알고 있었다. 화라의 언니 되는 여자가 가르쳐주었던 것이다.

"저건 꽃이 아닙니다."

"그럼 뭐죠."

"가까이 가서 자세히 살펴보세요."

그녀는 소파에서 일어섰다. 스커트가 약간 들추어지면서 순간적으로 유난히 흰 살이 아슬아슬하게 드러나 보였다. 그녀는 천천히 베란다 쪽으로 걸어가서 화분들 사이에 쪼그리고 앉았다. 그녀의 블라우스와 스커트가 팽팽하게 당겨지면서 속에 있는 살의 윤곽이 선명하게 드러나 보였다. 나는 가느다란 전류 같은 것이 내 몸속으로 짜릿하게 퍼져나감을 의식했다.

햇빛이 너무 강렬했으므로 그녀는 어찌 보면 하나의 물체로서가 아니라 하나의 영상으로서 거기에 투사되어 있는 듯한 느낌이었다.

"어마나 이건 이파리로군요."

그녀가 나를 향해 소리치고 있었다. 낭랑한 목소리였다. 그러나 내가 막상 그 화초의 이름을 그녀에게 말해주려 했을 때 그것은 좀처럼 정확하게 머릿속에 떠올라와주지 않았다. 나는 한참을 고심하고 있었다.

"더우시면 세수를 하십시오. 괜찮습니다. 저기가 바로 욕실입니다. 세면대도 거기에 같이 있습니다."

여자는 이마와 콧등에 땀이 송글송글 맺혀 있었다. 이따금 손수건을 꺼내 땀을 닦곤 했었는데 분홍 꽃잎이 모서리에 몇 점 물들어져 있는 그녀의 하얀 손수건은 묘한 에로티시즘을 불러일으켜 주고 있었다.

"정말로 세수라도 좀 해야겠어요. 부끄러워서 참으려고 했는데 더워서 더 이상 못 견디겠어요."

그녀는 욕실로 들어갔다. 곧 수돗물 흐르는 소리가 넘쳐나기 시작했다. 이제 그녀는 내게 아무런 거리낌도 느끼지 않고 있는 것 같았다.

"제 방을 한번 구경시켜 드릴까요."

나는 그녀가 세수를 끝내고 나왔을 때 그렇게 한번 말해 보았다. 세수를 끝낸 그녀의 얼굴은 상쾌하고도 해맑아 보였다.

"재밌는 게 있음 구경시켜 주세요."

"영화 구경 좋아하십니까."

"좋아는 하지만 자주 구경할 여유는 없어요."

"영화는 곤란하지만 환등기는 구경시켜 드릴 수가 있습니다."

나는 그녀를 내 방으로 안내했다. 그리고 형광등을 켠 다음 그녀에게 방석을 권했다. 선풍기를 틀어 놓으니 내 방이 응접실보다 시원하다는 생각도 들었다.

"이 집에 실성한 여자가 하나 살고 있다면서요."

자리에 앉으면서 태연한 목소리로 그녀가 말했다. 나는 갑자기 한 대 얻어맞은 듯한 기분이었다.

"어떻게 그런 걸 다 알고 계십니까."

"화장품 장사하면 소문 같은 거 많이 알아요. 쥔 아줌마

동생이라면서요. 결혼에 실패했다던데요. 알고보니 본처가 있는 남자더래요. 결혼한 지 이 년 만에 남편한테 실컷 두들겨 맞고 쫓겨났는가 봐요. 애가 하나 있었는데 같이 쫓겨났대요. 그런데 그 애가 뇌막염으로 죽었다지 뭐예요. 그 다음부터 실성해 버렸대요."

"전혀 모르는 사실인데요. 그런데 아까 췬 아줌마가 아가씨한테 특별히 부탁한 게 있다고 했는데 그게 뭐죠."

나는 화제를 바꾸기 위해 그렇게 말머리를 돌렸다. 아까는 이 여자를 붙잡아두기 위해 나오는 대로 꾸며댔는데 실제로 무슨 약속들이 있었던 모양이었다.

"뭐 뻔한 거죠. 외제 화장품 구해 달라는 거."

"그럼⋯⋯."

"그냥 외판만으로는 벌이가 안 좋거든요."

그녀의 얼굴에 일순 어두운 빛이 스치고 지나갔다. 가정 형편이 그리 좋지는 않은 모양이라고 나는 나대로 판단하고 있었다.

"빨리 시집이나 가버렸으면 좋겠어요."

그녀가 말했다. 농담 같지는 않아 보였다.

"환등기나 볼까요."

나는 내 재산목록 일 호인 환등기와 슬라이드를 끄집어

냈다. 이상하게도 그녀는 전혀 불안해하지 않는 것 같았다.

"불을 끄는 게 좋을 겁니다."

모든 준비를 끝내고 나는 그녀에게 동의를 구했다. 그녀는 잠자코 있었다.

다시 불을 켰을 때 방 안은 환등기에서 발산되는 열기로 가마솥 같은 분위기였다. 그녀와 나는 둘 다 땀에 흠뻑 젖어 있었다.

"재미있었어요."

그녀가 말했다.

나는 아직 한 번도 사용해 본 적이 없는 수건을 옷장에서 꺼내 가만히 그녀의 이마에 맺힌 구슬땀을 닦아주었다. 이상하게도 그녀는 거부하지 않았다. 다만 그냥 맥없이 고개만 아래로 떨구었다. 나는 갑자기 내 혈관이 팽팽하게 긴장해 옴을 의식했다. 방바닥을 비스듬히 짚고 앉은 그녀의 한쪽 팔이 가느다란 경련을 일으키고 있었다.

나는 더 이상 참을 수가 없었다. 가슴이 자꾸만 뛰고 있었다. 스커트 밑으로 드러나 보이는 그녀의 흰 무릎과 블라우스를 팽팽하게 당기며 돌출되어져 있는 그녀의 앞가슴이 내 전신을 고압전류에 감전당한 듯한 느낌에 휩싸이

도록 만들고 있었다. 나는 정신없이 그녀를 안았다.

아!

짧게 비명을 지르며 그녀는 빈혈을 일으키듯 맥없이 내게로 쓰러져왔다. 다시 귓전으로 환청 같은 전화벨 소리가 들려오고 있었다. 그러나 나는 그런 따위에 신경을 쓸 겨를이 없었다.

나는 그녀의 입술을 더듬었다. 그녀의 입술은 부드럽고도 뜨거웠다. 내 혀가 매끄럽게 그녀의 입 속으로 빨려들고 있었다. 나는 가까스로 침착성을 찾으려고 애쓰며 그녀의 옷들을 하나하나 벗겨내기 시작했다. 어느새 그녀의 팔이 내 목을 힘주어 잡고 있었다. 내 살 속 가득히 피 같은 붉은 선인장꽃들이 활활 타오르듯 피어나고 있었다. 그녀는 몇 번이고 낮게 신음소리를 뱉으며 꽃잎을 물고 실신해 갔다.

이윽고 모든 시간이 정돈되고 우리는 다시 응접실 소파에 마주 앉았다.

"실망하셨죠. 저는 이런 여자예요."

그녀는 나를 외면하며 자조적인 목소리로 그렇게 말했다. 나는 아무 말도 하지 않았다.

"이젠 그만 가봐야겠어요. 날마다 집에 들어가기가 끔

찍하다는 생각이 들지만요."

그녀는 화장품 가방을 집어들었다. 밥하는 아줌마가 샴
푸를 하나 받아놓으라고 했지만 나는 차마 그 말을 입 밖
에 끄집어낼 수가 없었다.

그녀가 돌아가고 난 후 나는 목욕을 하면서 비로소 아
까 이름이 잘 떠오르지 않았던 그 화초가 콜레우스라는
사실을 알아냈다. 하지만 그건 이젠 아무런 소용도 없는
일이었다.

"혼자 계시기가 너무 적적할 것 같아서 오늘은 일찍 들
어오기로 했어요."

등꽃 무늬의 원피스를 입은 여자가 현관문 앞에 서 있
었다.

"의상실은 문을 닫으셨겠군요."

"하루쯤 어떨라구요."

그녀는 등꽃이 흔들리듯 조용히 안으로 들어섰다.

해가 떨어지더니 곧 날이 어두워졌다. 그녀는 나와 함
께 간단한 식사를 끝내고 응접실 소파에 마주 앉았다. 베
란다로 향한 유리문으로 밤하늘이 내다보였다. 별들이 하
나 둘 피어나고 있었다.

"화라는 오늘도 학규 씨를 알아보지 못하던가요."

"그렇더군요."

"이상해요, 학규 씨가 오기 전에는 때로 사진만 보고도 반가워하면서 눈물을 흘렸었는데."

"다른 사람의 사진을 보고도 그럴 수가 있겠죠."

"아니에요. 그때는 정말로 조금만 환경이 좋아지면 완치될 수 있을 것 같았어요. 제가 학규 씨를 찾아갔던 일, 아직도 이해할 수 없으신가요."

"이해할 수 있습니다."

그녀는 그때 나를 찾아와서 여자란 어떤 의미로든 슬픈 존재라고 말했었다. 한 번만 용서해 달라고 말했었다. 날마다 내 이름을 부르며 울고 있는 모습이 애처로워 견딜 수 없다고 말했었다. 그러나 화라에 관한 얘기라면 무엇이든 나는 코메디라고 생각해 버리는 데 익숙해져 있었다.

한 달만이라도 내가 곁에 있어 주면 화라가 맑은 정신으로 되돌아오리라고 그녀는 미신처럼 믿고 있는 것 같았다. 날마다 나를 찾아와서 애원했다. 나는 그녀를 잘 알고 있었다. 그녀가 결혼하기 전에는 화라와 함께 자주 만났었던 것이다.

그녀는 정말로 여자다운 모습을 하고 있었다. 성격도 온순하고 교양도 갖춘 여자였다. 게다가 그녀는 끝까지 내 편이었다.

결혼한 지 일 년 만에 교통사고로 남편을 사별하고 혼자 살아가면서 동생의 아픈 상처나 바라보아야 한다는 것도 그녀에게는 견딜 수가 없는 일일 거였다. 나는 그녀를 정말로 이해해 주고 싶었다. 화라를 위해서가 아니라 그녀를 위해서 나는 몇 달이라도 이 집에서 있어주고 싶었다.

그러나 이제 우리는 거의 같은 결론에 도달해 있었다. 부질없음. 사는 일이 모두 부질없음. 나는 언제든지 떠날 준비가 되어 있었고 그녀는 언제든지 보낼 준비가 되어 있었다. 한 달이 아니라 석 달 동안이나 나는 화라의 정신을 되돌려 보려고 노력했었다. 그러나 헛일이었다.

"학규 씨도 빨리 결혼하셔야지요."

나는 잘 안 될 것 같다는 말이 입 속에 맴돌았으나 또 그녀가 부담을 느낄 것을 염려해서 그만 입을 다물어버리고 말았다. 문득 이 여자와라면 지금 당장이라도 결혼할 수 있을지도 모른다고 철딱서니 없는 생각을 해보았다.

결국 이 여름에도 나는 여자 하나를 만들지 못한 채 회사일에만 골머리를 썩일 것 같았다. 아까 화장품을 파는 아가씨 같은 여자는 아무래도 내 여자로 곁에 있어주기는 힘들 것 같았다. 모든 사람과 사람 사이에는 틈이 있고 갈

수록 그 틈은 맞붙이기가 힘들어지는 것 같았다.

"하루 종일 무엇을 하며 시간을 보내셨어요."

구체적으로 대답할 수 없었다.

"사람과 사람 사이에 나 있는 틈들을 보았습니다."

그녀는 이해할 수 있다는 듯 잔잔하게 웃었다.

"저하고 학규 씨 사이에도 틈이 있지요."

"있겠지요. 하지만 화라가 저를 멀리했을 때도 언제나 제 편이 되어주셨으니까 그 틈은 간격이 그리 심한 편은 아니었습니다."

"그런 얕은 의미로서의 틈을 말씀하시는 게 아닌 것 같은데요."

"좋은 쪽으로 생각해 주십시오."

나는 시선을 다시 바깥으로 옮겨 놓고 있었다. 아까보다 별들이 많이 생겨나 있는 것 같았다.

"피곤하시면 일찍 들어가 쉬세요."

이때 전화벨 소리가 울렸다. 갑자기 나는 신경을 곤두세웠다. 드디어 그 끈질긴 인간이 누구인가 정체를 밝혀낼 때가 온 것이다.

그녀가 전화를 받기 위해 일어섰다. 그리고 안방 쪽으로 걸음을 옮겨놓았다.

나는 베란다로 천천히 걸어갔다.

햇빛에 타고 있던 화초들이 밤이 되자 건강을 되찾고 있었다.

나는 콜레우스 곁에 웅크리고 앉아 이파리를 쓰다듬어 주고 있었다. 이파리의 색깔이 꽃처럼 화려한 화초였다. 그러나 이 화초는 어딘지 모르게 화초답지 않은 분위기를 풍겨주고 있었다. 거기에는 어떤 인공의 냄새 같은 것이 짙게 배어 있었다. 머지않아 온 지구가 이러한 식물들로 가득 차게 될는지도 모른다는 생각이 들었다. 인간을 비롯한 모든 존재와 현상이 차츰 혼란 속에 빠져들고 있었다.

"밥하는 아줌마의 딸네 집에서 온 전화예요. 오늘 하루 종일 전화 걸었대요. 내일이 애기 돌이니까 꼭 어머니를 보내달라는 전갈이었어요. 아줌마는 어디로 갔을까요."

그녀가 내 등 뒤에 와 있었다. 지금 막 떠오르는 달빛을 받아 그녀의 얼굴은 더욱 아름다워 보였다. 나는 한 번만이라도 그녀를 안아보고 싶다는 충동을 뿌리치며 내일쯤은 다른 하숙방을 물색해 보아야겠다는 생각을 했다.

술잔 속의 하나님

놀랍고도 해괴한 사건이었다. 소문은 단 하루 만에 면 전체에 퍼져나갔다. 면적이 원체 좁아서 면의 제일 위쪽에 위치한 상천리의 홀아비 하나가 읍내에서 포경수술을 하고 왔다는 사실도 그 다음날이면 면의 제일 아래쪽에 위치한 하천리의 빨래터에서 과부들 입에 오르내리게 될 정도였다. 쉬쉬한다고 지켜질 비밀이 전혀 없었다. 이번 사건으로 현장에 있었던 몇몇 사람이 며칠간 경찰서에 붙들려 가 조사를 받고 있다는 얘기들이었다.

하여튼 그 사건은 면민 전체의 화젯거리가 되어 있음이 분명했다. 밥상머리에서고 책상머리에서고 그 사건이 수시로 입에 오르내린다는 거였다. 그리고 공연히 그 사건에 대해서 이러쿵저러쿵 말이 많다가 급기야 멱살을 쥐고 서로 눈을 부라리는 사람들까지도 있다는 거였다.

특히 학생들은 더 말들이 많은 모양이었다. 국민학생에서부터 고등학생에 이르기까지 한 번쯤은 그 사건에 대해서 관심을 가져보지 않은 애들은 없을 것 같았다. 어른들과 마찬가지로 옥신각신 말다툼 끝에 주먹질이 오가서 곧잘 코피들을 흘리곤 한다는 얘기들이었다.

그럴 만도 하다는 생각이 들었다. 왜냐하면 그 사건은 교회에서 일어난 사건이니까, 그리고 교회를 다니지 않던 애들은 그 사건을 기회로 일제히 교회를 비난할 용기와 자신감을 얻게 되었을 테니까. 자꾸만 따지고 든다면 애들의 입장으로서는 일단 코피로써 결말을 짓는 수밖에는 별도리가 없을 거였다. 적어도 신에 관한 문제에 한해서는 어른들이라 해도 누구든 쉽게 결론을 내릴 수가 없을 것이다. 몇 날 몇 밤을 새워서 얘기해 보아도 신은 여전히 불가사의한 그대로이고 남는 것은 인간의 초라함과 약간의 허기와 부질없음에 대한 비애 따위밖에는 없을 것이다. 물론 대개의 경우 유신론자들이 참아야 하겠지만 다 혈질인 사람들끼리 만나면 한 번쯤 멱살을 쥐게 될 수도 있을 법한 일이었다.

"주여!"

우리집에서 그 사건에 대한 소문을 최초로 주워들은 것은 나였다. 당연히 나는 어머니께 소문 그대로를 전해드리지 않을 수가 없었다.

"주여!"

내 얘기를 다 듣고 나서 어머니는 반사적으로 두 손을 모아 쥐고 동시에 두 눈을 질끈 감으신 다음 그렇게 신음처럼 부르짖었다. 도저히 믿을 수가 없다는 듯한 표정이었다.

"하나님을 시기하는 무리들의 모함일 거다."

내게 몇 번이나 소문의 근거를 확인해 보고 나서도 여전히 믿을 수가 없다는 듯한 표정이었다. 어머니는 곧 기도에 착수했다. 기도의 내용은 "자비로우신 내 주 여호와 하나님 아버지시여, 아직도 아버지의 사랑을 외면하고 터무니없는 소문을 퍼뜨려 아버지의 거룩하심을 욕되게 하는 자들을 용서하소서. 그리고 여기 당신의 어린양이 철모르고 방황하다가 악의 무리에 휩쓸려 함께 당신의 영광

되심을 욕되게 하는 죄를 범하였습니다. 원하옵고 바라옵
건대……." 하는 식이었다.

나는 약간의 억울함을 느끼지 않을 수 없었다. 어머니
의 기도 내용 속에는 언제나 내가 한 번쯤은 끼어들게 되
는데 그때마다 나는 악의 무리에 휩쓸려 있는 당신의 어
린양이라는 배역으로 등장하고 있었다. 이제는 좀 다른
역으로 연출되어졌으면 싶은 심정이었다.

기도를 끝내자 어머니는 성경과 찬송가를 챙겼다. 교회
로 가서 직접 확인을 해보아야 마음이 놓이겠다는 듯한
표정이었다.

한시도 지체할 수가 없다는 듯 어머니는 황급히 대문을
나서고 있었다.

"정말이라니까요, 어머니."

가보시나 마나라는 듯 나는 어머니를 향해 소리쳤다.

"네놈 말을 어떻게 믿니."

어머니는 그대로 교회를 향해 걸음을 바삐 재촉하고 있
었다.

이번 사건에 대해서뿐만 아니라 평소에도 어머니는 대
체로 내 말만은 잘 믿으려 하지 않는 형편이었다. 하지만
나로서도 수긍이 가는 바가 없지는 않았다.

나는 고등학교 때 농구선수로 활약했었다. 그러나 재능이 그리 뛰어난 편은 아니었다. 군대회에서도 겨우 준준우승 정도를 차지할까 말까한 시골 고등학교의 농구팀에서 특전으로 대학을 간다는 것은 농구공을 튕겨서 잡아타고 달나라에 가기보다 힘든 노릇이었다. 나는 당연히 정식으로 시험을 치르는 도리밖에 없었다.

나는 자신만만하다고 큰소리를 쳤다. 큰소리를 친다고 시험 점수를 감점당할 턱은 없었다. 그러나 워낙 실력이 실력 나름인지라 나는 예상대로 미역국을 먹고 말았다. 그러나 계속 큰소리는 잊지 않았다. 재수를 거쳐 삼수까지 밀고 나가면서도 마찬가지였다. 하지만 역시 결과는 판판이 낙방이었다. 그동안 나는 무수히 많은 거짓말들을 창안해 내어 어머니의 핸드백을 열게 했다. 용돈이 몹시 궁해서였다. 지금까지 내가 사용했던 모든 수법들에 대해서 어머니는 이제 만성이 되어 있었다. 무슨 얘기든지 일단 거짓말로 간주하고 믿지 않으려 들었다.

게다가 어머니는 신도가 아닌 사람의 얘기라면 무조건 그 신빙성의 반 정도를 삭감하고 들을 정도로 사고방식이 좀 편파적이어서 아버지를 제외하고는 우리집에서 유일하게 교회를 다니지 않고 있는 내가 동생들처럼 완벽하게 어머니의 신용을 얻기가 그리 쉬운 노릇이 아니었다.

나는 나대로 심한 고립감에 사로잡혀 있었다. 하지만 당장 교회를 나가볼 생각은 추호도 없었다. 하나님이 있다는 사실에 대해서 나는 아직 진심으로 수긍해 본 적이 없었던 것이다.

어머니는 그러한 나에 대해 종교적 차원에서 몹시 낙담하고 있는 듯한 태도였다. 이 상태로 나가면 멀지 않은 장래에 마귀의 유혹에 빠져버리게 된다는 주장이었다. 하지만 나는 어머니가 내게 속았다는 것을 알고 나서 내 손목을 덥석 움켜잡고 우리 기도하자, 라고 말할 때마다 우선 역겨움부터 앞서는 것을 어찌할 수가 없었다.

아무래도 어머니는 좀 지나친 편이 아닌가 하는 생각을 자주 갖도록 만들어주고 있었다. 모든 말의 첫머리에 '하나님께서'라든가 '성경 말씀에'를 넣지 않고는 못 배기는 성미 같았다. 모든 일들이 하나님의 뜻에 의한 것이었다. 인간에 의한 것은 조금도 없었다. 특히 교회 일이라면 만사를 제쳐놓고 며칠씩 집을 비우는 일이 허다했다. 어머니가 없을 때도 온 집안 전체가 성가실 지경으로 '하나님께서'와 '성경 말씀에'로 꽉 차 있는 듯한 기분이었다.

사건을 확인하기 위해 황망히 교회로 달려간 후 통금이

넘었는데도 어머니는 돌아오지 않았다. 신도들과 철야기
도라도 드리고 있는 모양이었다. 아버지 역시 어디선가
내기 바둑판이라도 벌였는지 귀가가 몹시 늦어지고 있었
다. 아마 안 들어오실는지도 모를 노릇이었다.

실직 이후 아버지는 완전히 자유분방한 생활을 만끽하
고 있었다. 어머니가 아무리 극성스럽게 바가지라는 것을
긁어댄다 해도 눈썹 하나 까딱하지 않겠다는 듯한 태도였
다, 내 문제에 대해서도 전혀 걱정을 하지 않는 것 같았다.

"상관없어요. 저러다가 언젠가 한번은 제 앞길을 내다
보게 된다구. 요즘 애들은 우리 때하곤 다르다니까. 한결
속이 차 있다니까."

언제나 자신만만한 태도였다.

"부전자전이라더니, 기계에다 찍어내도 저토록 똑같지
는 않을 거야. 하나님을 우습게 아는 것까지 똑같다니까."

어머니는 아버지께 누차 교회를 다녀줄 것을 간청했었다.

"하나님의 도움을 받지 않고도 나는 일어설 자신이 있어
요. 만약 최선을 다해보다가 안 되면 하나님께 부탁하지."

아버지는 별로 흥미가 없다는 듯한 어투였다. 그러나
어머니의 교회에 대한 극성스러움도 결코 말려들지는 않
았다.

"늬들 생활이 좀 쪼들린다고 해서 기가 죽을 필요는 없다, 알겠지. 이 애비는 아직도 막강하다. 이거야. 자, 보겠니."

가끔 동생들 앞에서 팔뚝을 걷어붙이고는 운동선수처럼 탄탄한 자세로 버티고 서서 커다랗게 알통을 만들어 보이기도 했다. 그러나 어머니는 하나님을 믿지 않는 한 아무리 큰 알통이든 젖통이든 모두 보잘것없는 살덩어리에 불과하다고 말했다.

어머니가 교회에서 돌아온 것은 통금이 훨씬 지나서였다. 기도를 하면서 몹시 울었던 모양이었다. 눈동자가 벌겋게 충혈되어 있었다.

"그토록 믿음이 강하던 목사님이었는데 하필이면 끔찍한 일을 당하시게 되었을까. 아무리 생각해도 믿을 수가 없구나."

어머니는 동생들을 깨워서는 세수들을 시키고 방 안에 둘러앉아 예배를 보기 시작했다. 어머니는 자주 눈물을 찍어내고 있었다.

아버지가 들어온 것은 바로 그때였다. 아버지는 거나하게 취해 있었다. 여러분 미안해. 가족들에게 손을 한 번 번쩍 들어보이고는 서재로 가기 위해 이내 잠옷을 챙겨 몸에 걸쳤다. 그리고 내게로 다가와 은밀한 목소리로 이

렇게 속삭였다. 거의 잘 들리지 않을 정도로 낮은 목소리
였다.

"목사가 안수 기도를 하다가 실수로 사람을 죽였다면서?"

이제 교회는 대부분의 신도들이 등을 돌려버리고 폐가
처럼 을씨년스러워졌다는 소문이었다. 어머니까지도 왠
지 교회로 향하는 발길이 뜸해져 있는 형편이었다.

죽은 여자는 교회 어느 신도의 여동생으로서 갑자기 정
신 이상이 되어 있었던 모양이었다.

목사는 믿음이 강한 몇몇 신도들과 함께 안수 기도를
올렸는데 무려 한 시간 가까이를 비지땀을 흘리며 환자의
머리 위에다 손을 얹고 간절히 간절히 기도를 올렸다는
거였다. 그러나 갑자기 방언이 쏟아지면서 사정없이 환자
를 내리치기 시작했다는 거였다.

"그 여자의 오빠가 눈을 떠보니까 아무래도 목사가 자
기 동생을 패 죽여버리고 말 것 같더라는 거야. 뜯어말렸
다는데도 막무가내더래. 겁이 더럭 나서 하는 수 없이 장
작개비 하나를 주워 들고 들어와서 목사의 어깨를 몇 번
후려쳤다는구만, 그래도 여전하더래, 환자가 전혀 움직이
지 않는데도 말이지. 목사가 동작을 멈추었을 때는 이미

숨이 끊어져 있더라지 아마."

"완전히 치료해 버렸군, 그 정도면 재발할 염려가 전혀 없다."

"임마, 빈정거리지 마. 나도 교회를 다녔었다구."

목사가 구속되고 몇 달이 지나서도 그 사건에 대한 얘기는 자주 사람들의 입에 오르내리곤 했다. 그러면서 곧 겨울이 왔다.

어머니는 완전히 생활 전반에 걸쳐 손이 헛짚어지는 듯한 느낌 속에 사로잡혀 있는 것 같았다. 마치 건망증 환자처럼 툭하면 순간적인 망각 속에 빠져들곤 했다.

"내가 부엌에 뭣하러 나왔니?"

가끔 동생들에게 큰소리로 그렇게 물어보는 수도 있었다. 머릿속이 뒤죽박죽이 되어 있다고 가끔 혼잣소리로 중얼거리기도 했다.

"아무리 생각해도 모르겠다. 왜 그런 끔찍한 일이 일어났을까?"

아직도 어머니는 그 사건에 대한 생각 속에 파묻혀 있는 모양이었다.

"시험해 본 거예요, 엄마."

"아냐, 악마의 짓일 거야."

동생들이 저마다 한 마디씩 거들고 나섰지만 어머니는 아무런 결론도 내리지 못하고 있는 상태 같았다.

"시험을 해보았다면 왜 하필 목사님의 손으로 사람을 죽이게까지 만들었을까? 목숨은 누구에게나 소중한 것인데. 그리고 악마의 짓이라면 더더구나 이상하지. 하나님께서 그런 일에 악마와 맞서 승복을 했을 턱이 없지 않니."

그러나 아버지의 의견은 간단했다.

"그 교회에는 하나님이 없었던 거다."

평소 같으면 여러 가지로 성경 구절을 연결시켜 아버지의 말을 공박했을 것임이 틀림없는 어머니로서도 이번만은 함구무언이었다.

겨울은 길고도 지루했다. 어머니는 그 길고도 지루한 겨울을 틈틈이 기도와 찬송으로 견디어나가고 있었다. 그러나 어딘지 모르게 옛날보다는 생기가 없는 듯한 기도와 찬송이었다. 동생들도 덩달아 약간 기가 죽어 있었다.

"어디 다른 교회에라도 나가는 버릇을 익혀야 할 텐데. 하도 오래 한 교회에만 발길을 익혀놔서 좀체로 마음이 내키질 않는구나."

그렇거나 말거나 아버지는 언제나 유쾌한 표정이었다. 자신만만하다는 큰 목소리도 여전했고 밤중까지 마음 놓고 술을 마시는 것도 여전했다.

아버지는 실직당한 사람이 아니라 마치 휴가받은 사람 같았다. 흥청망청 시간을 퍼쓰고 있었다. 어디론가 훌쩍 여행을 갔다오기도 하고 늘어지게 낮잠을 자기도 하고 그 나이에 스케이트를 배우신다고 동생들과 함께 자주 얼음판으로 나가는 수도 있었다.

그러면서 겨울이 가고 있었다. 이따금 따스한 햇빛이 언 땅을 녹이고 더러는 차가운 비가 내렸다. 다시 땅이 얼고 거듭 얼었던 땅이 녹기를 몇 번, 봄은 모르는 사이 황사를 몰고 와서 마른 가지를 흔들고 죽은 땅의 비듬들을 쓸어갔다.

봄이 시작되면서부터 사건이 있었던 교회가 터를 하나 다시 사서 새 교회를 짓는다는 소문이 나돌기 시작했다.

소문은 사실이었다. 곧 면 동쪽 산 밑이 헐리고 길 하나가 뚫리기 시작했다. 그리고 삽시간에 깨끗하고 아담한 교회 하나가 지어졌다.

사실 그동안 어머니는 아무 교회에도 나가지 않는 상태였다. 아무래도 그 사건에 대한 충격을 어머니로서는 쉽게 감당할 수가 없었던 모양이었다.

"하나님을 그런 식으로 믿으면 안 되는데."

아버지는 지나가는 소리로 그렇게 말했었다.

"그럼 어떻게 믿어요?"

막내동생이 물었다.

"나처럼 믿어야지."

"피이, 아빠 교회에도 안 나가면서."

"하나님은 교회에만 있는 게 아니란다."

"교회에만 있는 게 아니면요?"

"아무 데나 있지. 생활 전체에 있지. 술잔 속에도 있고 낚싯바늘 끝에도 있고, 움트는 꽃눈 속에도 있고, 아무 데나 있어."

"그래서 아빠 교회엘 안 다니시나 봐."

"아니야, 아빠도 더러는 교회를 다니고 싶을 때가 있어."

"그런데 왜 안 다니세요?"

"부끄러워서지."

"뭐가 부끄러워요. 아빠 어른이면서."

"하나님 앞에서는 어른일수록 부끄러운 거야."

막내동생은 아무래도 잘 납득이 가지 않는다는 듯한 표정이었다. 그러다가 제 나름대로 이런 결론을 내리고 있었다.

"아, 승구네 할머니도 그래서 죽었으면 죽었지 교회는

안 나간다고 했었구나."

이번에는 아버지 쪽에서 의아한 표정이 되었다.

"승구네 할머니는 아빠보다 더 어른이거든, 그래서 더 부끄럼을 많이 타는 거야."

아버지는 그 말을 듣고 껄껄 웃었다.

"하지만 아빤 반드시 언젠가는 교회를 다니게 될 거야."

아버지는 막내동생과 손가락을 걸고 있었다.

새로 부임한 목사가 몇몇 신도들과 함께 우리집에 심방을 왔다. 그러나 어머니는 그리 기쁜 내색이 아니었다.

목사는 무척 건강하고 쾌활해 보였다. 심방을 마치고 돌아가는 길에는 서재에 계신 아버지를 일부러 불러내어 정중하게 인사까지 올렸다.

"언제 저하고 대포라도 한 잔 하실 기회가 있었으면 좋겠습니다. 저도 막걸리 한 사발 정도는 자신이 있습니다."

사십이 조금 넘어 보이는 얼굴이었다. 전혀 그늘이나 때가 끼어 있지 않은 듯한 인상이었다.

"좋습니다, 좋습니다."

아버지는 그거 아주 반가운 제의라는 듯 목사의 손을 잡고 몇 번 기분 좋게 흔들어대고 있었다.

그후로도 목사님은 한 달 동안 무려 일곱 번이나 우리 집에 심방을 왔다. 대단히 부지런한 목사 같았다.

어머니는 다시 교회에 나가기 시작했다.

"어느새 교인들이 그렇게 늘어났지. 전보다 배는 많겠더라. 목사님의 설교도 어찌 그리 감동적인지 정말 가슴에 뜨거운 불길이 활활 타오르고 있는 것 같은 느낌을 받았어."

새 교회를 다녀온 첫날 어머니가 동생들에게 들려준 소감이었다. 그 목사가 새로 부임한 뒤로 갑자기 면 전역에 걸쳐서 어떤 종교적 움직임이 활발해져 가고 있는 것 같았다. 곳곳에 부흥회를 알리는 포스터가 나붙고 교회를 다니는 아이들의 가슴에는 하얀 리본에 심령대부흥회라는 리본이 매달리기 시작했다. 지금까지 듣던 찬송가와는 전혀 다른 그러나 어딘지 모르게 찬송가적인 노래들이 차츰 교회를 다니지 않는 아이들의 입을 통해서도 불리어지기 시작했다. 복음송이라는 것이었다.

그것은 상당히 매력 있는 노래 같았다. 그리고 몇 번만 들으면 쉽게 귀에 익어버리는 강점이 있었다.

어머니는 전에보다 한결 바빠져 있었다. 곧 유명한 목사님들이 서울에서 이 작은 시골까지 와서 하나님의 복음을 전파한다는 것이었다. 한 달 동안 줄곧 그 부흥회는 대대적으로 개최된다는 것이었다. 청년들도 활발히 움직이고 있었다. 집집을 방문하고 전단을 뿌리고 야단법석이었다.

날씨는 연일 화창했다. 산이며 들이며 마당 어귀며 흙이 있는 모든 곳에 꽃들이 눈부시게 피어나고 있었다. 그리고 마침내 부흥회는 시작되었다.

다른 면에서도 신도들이 구름떼처럼 몰려들고 있었다. 밤이면 고등학교 운동장 가득히 그야말로 헤아릴 수 없는 인파가 득시글거리기 시작했다. 고등학교 운동장은 상당히 넓었다. 그 어느 고등학교의 운동장보다도 넓었다. 그 것은 면민들의 공설운동장으로도 쓰이고 있었다.

그들은 거기에 운집해서 함께 손뼉 치고 함께 찬송하며 가끔 무엇인가를 울부짖고 있었다. 면 전체가 완전히 압도되어져 버린 듯한 인상이었다. 놀라운 광경이었다. 아이들에서부터 노인들에 이르기까지 각계각층의 사람들이 버스에서 쏟아져내렸다. 다른 군에서까지 신도들을 동원한 모양이었다. 면민들은 그제서야 새로 부임한 목사가 대단한 능력을 가진 목사임을 비로소 깨닫게 되었다. 한 달 동안의 부흥회로 인해 전혀 교회를 다니지 않던 사람들의 일가족이 모두 교인이 되어버린 집도 있었다. 더러는 병을 고쳤다는 사람들도 있었다. 부처님을 믿던 사람이 다시 하나님을 믿게 되었다는 소문도 나돌았다.

한 달 동안의 부흥회가 끝나자, 면 전체가 텅 비어 버린 듯한 느낌이었다. 그러나 의외로 신도들은 놀라우리만치 그 수가 늘어나 있는 것 같았다. 어이없게도 술이나 퍼마시고 주먹이나 휘두르고 여자들이나 망가뜨리는 일을 이 세상 남자가 일용할 양식 중에서 가장 즐거운 양식으로 알고 있는 것 같던 내 동창 중의 한 녀석까지도 태도가 돌변해서 그야말로 양처럼 순하게 교회를 다니는 실정이었다. 과연 위대하신 하나님이었다.

어머니는 이제 완전히 신들린 여자 같아져 있었다. 부흥회에서 하나님의 계시를 받았다는 것이었다. 어머니는 전도 사업을 위해서 완전히 몸과 마음을 다 바칠 것을 맹세했다고 말했었다.

어머니는 찬송가와 성경책을 들고 집집마다 돌아다니기 시작했다. 왕복 사십 리 산길을 걸어서 화전민들에게 주의 말씀을 전파하고 오기도 했고, 또는 가까운 소도시의 거리 한복판에서,

"예에쑤를 믿읍시다! 우리 모두 예에쑤를 믿읍시다!"

하고 소리치는 것을 보았다는 사람도 있었다.

한 달이면 집에 있는 시간이 거의 사나흘 정도밖에는 되지 않았다.

그래도 아버지는 전혀 개의치 않았다. 오히려 집안이 텅 비어 있을 때는 아버지가 손수 라면 따위를 끓여 잡수시곤 했다. 오히려 짜증을 내는 것은 고등학교를 다니고 있는 누이동생이었다. 아침저녁으로 귀찮고 피곤하고 고달파서 못 살겠다는 거였다.

어머니가 없으니까 아무래도 집안 살림은 엉망이 되어가고 있는 것 같았다.

"느이 엄마는 아빠와는 좀 종류가 다른 하나님을 믿고 있는 거다."

"하나님이 무슨 종류가 있어요, 단 한 분뿐이시지."

"그렇지만 단 한 분이면서 또 무한하거든."

아버지는 어느 날 집에 돌아온 어머니에게 이제 좀 쉬는 게 어떻겠느냐고 넌지시 충언하는 것 같았다.

어머니는 펄쩍 뛰듯이 반대의 뜻을 표명했다. 그러자 동생들이 일제히 항의를 하기 시작했다. 어머니가 아무리 설득을 하려고 들어도 막무가내였다. 징징 우는 녀석까지 있었다.

"그럼 한 달만 집에 있겠다. 하나님의 사업보다 더 큰일은 없어. 이젠 집안 살림 정도는 하나님께 봉사한다는 생각으로 너희들이 합심해서 꾸려나갈 수 있지 않니."

그러나 하는 수 없다고 판단했었는지 어머니도 일단 주저앉고 말았다. 그래서 다시 온 집안에 어머니가 방류해 놓은 '하나님께서'와 '성경 말씀에'가 전에보다 몇 배나 극성스럽게 나돌아다니기 시작했다. 어머니는 한시도 쉬지 않고 찬송하고 기도하고 성경 구절을 외워대는 습관이 몸에 익어 있었다. 그러다가 어느 날 갑자기 어머니는 대성통곡을 하기 시작했다. 우리는 모두 어리둥절한 표정을 짓지 않을 수 없었다.

"주여! 이 어리석고 죄많은 여자를 용서해 주소서. 저는 바로 제 곁에 있는 죄인들조차도 보지 못하는 어두운 눈을 가지고 있었나이다. 이제 비로소 주의 힘으로 눈을 뜨게 되었사오니 부디 이 딸에게도 더 큰 능력을 주시어 저들을 주의 품으로 인도할 수 있게 하소서."

통곡 소리 끝에 자동적으로 이어지는 어머니의 기도 내용을 들으니 바로 어머니 곁에 있는 죄인들이란 교회를 다니지 않는 아버지와 나를 일컬음이 분명했다.

그날부터 어머니는 눈을 뜨자마자 아버지와 나를 한곳

에 붙들어 앉히고는 기도를 시작했다.

"허어, 이 사람이 왜 이래. 이 손 놔요."

그러나 어머니는 집요했다. 하루의 거의 모든 시간을
아버지와 내 손목을 세차게 움켜잡고 있어야만 안심이 된
다는 듯한 표정이었다. 절대로 아버지는 술을 마실 수가
없었다. 술을 마시면 그만큼 어머니의 기도가 절망적으로
변하게 되고 절망적으로 변해서는 울음이 되고 울음이 되
어서는 강물처럼 시간 가는 줄 모르고 기도가 계속되어졌
기 때문이었다.

어머니는 기어이 우리 두 사람을 교회로 보내고야 말겠
다는 태도였다. 얼굴 전체가 어떤 결의에 충만해 있었다.
때로는 달래도 보고 때로는 화도 내보는 것이었으나 아버
지와 나는 뭐 여전했다. 아무리 어머니가 간절히 간절히
우리들의 손목을 양손으로 부여잡고 기도를 해도 우리는
서로,

"난처하죠."

"그래, 난처하군."

하는 표정으로 사방을 두리번거리고 있을 뿐이었다.

우리는 도무지 우리의 자유 시간을 가질 수가 없었다.
어머니는 있는 힘을 다해서 우리를 어머니의 시간표 속에

다 구겨 넣으려고 부단히 노력했다. 우리는 어머니가 주관하는 하나의 작은 심령대부흥회 속에 갇혀 있었다.

어느 날 간신히 어머니의 외출 허가를 얻어 밖에 나갔던 아버지가 통금이 가까워질 때까지 돌아오지 않았다. 어머니는 두말할 나위도 없이 나를 깨워서 손목을 부여잡고 장구한 기도 속에 몸을 묻었다. 어머니의 기도 소리는 간절하고도 간절해서 때로는 흐느낌으로 또 때로는 애원으로 또 때로는 탄식으로 그 형태를 변화시키면서 계속되어지고 있었다. 더러는 목소리가 너무 고조되어서 이웃 사람들이 혹시 잠을 깨게 되지나 않을까 염려스러울 정도였다.

어머니의 그 기도가 하나님께 전해졌는지 어쨌는지 아버지는 통금해제를 약 반 시간 정도 남겨놓고 집으로 돌아왔다. 공교롭게도 그때 어머니의 기도는 '예수님의 이름으로 기도하였사옵니다'로 끝을 맺고 있었다. 무려 네 시간 정도나 계속되는 기도였다.

"여러분, 미안해."

아버지는 우리들에게 문밖에서 손을 한번 번쩍 쳐들어 보였다.

"중남리 박 선생하고 바둑을 두었지. 이겼어. 돌아오는 길에 문득 교회에 나가고 싶다는 생각을 했어. 새벽기도 말이야."

아버지의 목소리는 진지하게 변해 있었다.

"마음이 변하기 전에 교회에 갔다 오자, 나오너라."

아버지는 나를 향해 손짓을 보냈다.

"통금이 아직 해제되지 않았을 텐데요."

나는 놀라움을 금치 못하며 어눌하게 말했다.

"어머니의 기도와 하나님의 가호가 있지 않니."

아버지는 걱정 말라는 듯이 말했다. 나는 하는 수 없이 옷을 갈아입고 밖으로 나왔다. 그때까지 어머니는 믿기지 않는다는 듯한 표정으로 눈을 크게 뜬 채 아버지를 바라보고 있었다.

"새벽기도부터 시작하는 거야. 어때, 멋있지. 당신은 오늘 교회에 나오지 말고 집에 있어요. 교회에서 만나기가 좀 쑥스러워서 그러니까."

아버지는 어머니께 버릇처럼 손을 한번 번쩍 쳐들어 보이고는 방문을 닫았다. 그제서야 어머니는 미친 듯이 손뼉을 치며 찬송을 부르기 시작했다.

기쁨으로 충만해 있는 목소리였다.

주의 친절한 팔에 안기세

우리 맘이 평안하리니

항상 기쁘고 복이 되겠네

영원하신 팔에 안기세

그 소리는 집을 한참 벗어난 지역에까지 들리고 있었다. 아버지는 아무 말도 하지 않았다.

"정말 바둑을 두셨어요?"

내가 물었다.

"술을 마셨다."

아버지는 컬컬한 목소리로 대답했다.

"정말로 교회에 가실 작정이세요?"

"왜, 무섭냐?"

"뭐, 무서운 건 아니지만서도요……."

"무서울 거 없다. 하나님은 우리 편이니까."

아버지는 성큼성큼 앞장을 서고 있었다.

"회사를 그만두고 고향에 내려와 사는 맛이 그만이로다."

아버지는 절로 취흥이 솟는다는 듯한 어투였다. 식은 새벽 공기 속에서 우리는 논두렁길을 따라 걷고 있었다. 이따금 개구리들이 논으로 철벙철벙 뛰어드는 소리가 났다. 사방은 어두컴컴해서 사물을 제대로 분간키가 어려운 실정이었다. 그저 길만이 어슴푸레하게 보일 뿐이었다. 아직도 별들이 카랑카랑하게 빛나고 있었다. 그러나 우리가 논두렁길을 모두 지나서 신작로를 따라 상천리 쪽으로 발길을 옮겨놓기 시작했을 때는 희부움하게 사방이 트여오고 있었다.

밤 사이 마을을 점령하고 있던 새벽 안개가 서서히 퇴각하고 있었다. 잘디잔 안개의 알맹이들이 얼굴을 신선하게 간지럽히며 스쳐갔다. 차츰 잔기침을 뱉아내며 마을이 잠을 깨고 있었다. 쟁기들을 들고 논으로 가는 농부들도 보였다.

"저 사람들은 논으로 새벽기도를 하러 나가는 거지."

아버지가 말했다.

"누구든 애정을 쏟을 대상이 있는 사람들은 그 대상을 위해 자기가 맡은 장소에서 기도를 한다. 나의 경우는 아내와 자식들이 내 터 안에서 자라고 있어."

우리가 교회에 당도했을 때는 우리보다 한결 부지런한 신도 몇 명이 벌써 의자들을 차지하고 앉아 두 손을 모으고 기도에 열중해 있었다. 곳곳에서 낮은 탄성이 발해지고 있었다. 곳곳에서 울음 섞인 외마디도 터져나오고 있었다. 내게는 몹시 생소한 광경이었다.

아버지는 자꾸만 앞쪽으로 조심스럽게 걸어가고 있었다. 앞쪽은 텅 비어 있었다. 아버지는 그중 앞에서 두 번째 의자에 자리를 잡았다.

나는 그러나 도저히 아버지처럼 그렇게 깊숙이 쳐들어 갈 용기가 나지 않았다. 나는 맨 뒤쪽 의자에 주저앉아 버렸다. 거기도 완전히 비어 있었다. 아마도 문과 가까워서 사람들이 들어설 때마다 신경이 쓰이기 때문인 것 같았다. 앉고 보니 몹시 쑥스러웠다. 새로 지은 건물이기 때문에 향긋한 나무 냄새와 니스 냄새 같은 것이 콧속에 스며들고 있었다.

나는 망설이다가, 에라 모르겠다 하는 심정으로 두 손을 맞잡고 고개를 숙인 채 눈을 감았다. 온갖 잡생각들이 머릿속에서 뒤죽박죽으로 곤두박질을 치고 있었다. 지루하기 짝이 없었다. 가만히 눈을 떠보면 아버지의 기도는 여전히 계속되고 있었다.

이제 날이 완전히 밝아 있었다. 하나 둘 기도를 끝내고 일어서는 사람들의 기척도 느껴졌다. 오랜 시간이 지난 뒤 나는 너무도 지루해서 그만 고개를 쳐들기로 했다.

밖으로 나오니 살 것 같았다. 해가 뜨고 있는 모양이었다. 언덕 아래로 내다보이는 마을 전체가 밥 짓는 연기를 하얗게 피워올리고 있었다. 멀리 들판 한 자락이 순금물 같은 햇빛에 축축하게 젖어들고 있었다.

잠시 후 나는 목사가 교회 안에서 나오는 것을 보았다. 이제 교회 안은 텅 비어 있었다. 다만 아버지 혼자만이 기도에 열중해 있었다. 그동안 살아오면서 못 했던 기도를 한꺼번에 모두 해버릴 심산이신 모양이었다.

나는 발소리를 죽여 아버지 곁으로 다가섰다. 그리고 비로소 아버지가 왜 그토록 오래 엎드려 있었던가를 깨닫게 되었다. 아버지는 주무시고 계셨던 것이다. 코 고는 소리가 아주 낮고 조심스럽게 텅 빈 교회당 안에 퍼져나가고 있었다.

"아버지, 이제 그만 일어나세요."

나는 아버지의 어깨를 몇 번 흔드는 수밖에 없었다.

"엄마 아직 안 돌아왔냐."

아버지가 부스스 눈을 뜨며 말했다. 아버지의 목소리는 텅 빈 교회당 안에 반향되어서 껄껄껄 웃으시는 하나님의 목소리로 되돌아오고 있었다.

장수하늘소

초판 1쇄 2006년 7월 24일
초판 5쇄 2016년 8월 30일

지은이 | 이외수
펴낸이 | 송영석

펴낸곳 | (株)해냄출판사
등록번호 | 제10-229호
등록일자 | 1988년 5월 11일(설립일자 | 1983년 6월 24일)

04042 서울시 마포구 잔다리로 30 해냄빌딩 5 · 6층
대표전화 | 326-1600 **팩스** | 326-1624
홈페이지 | www.hainaim.com

ISBN 978-89-7337-763-3